中国新锐派作家作品文库

背篓中的小说

【群山短篇小说作品】

群山◎著

中国财富出版社

图书在版编目(CIP)数据

背篓中的小说/群山著. —北京:中国财富出版社,2016.12
(中国新锐派作家作品文库)
ISBN 978-7-5047-6362-4

Ⅰ.①背… Ⅱ.①群… Ⅲ.①短篇小说—小说集—中国—当代
Ⅳ.①I247.7

中国版本图书馆 CIP 数据核字(2017)第000922号

策划编辑 刘瑞彩 **责任编辑** 刘瑞彩
责任印制 方朋远 **责任校对** 孙会香 孙丽丽 张营营 **责任发行** 张红燕

出版发行 中国财富出版社
社　　址 北京市丰台区南四环西路188号5区20楼 **邮政编码** 100070
电　　话 010-52227588转2048/2028(发行部) 010-52227588转307(总编室)
010-68589540(读者服务部) 010-52227588转305(质检部)
网　　址 http://www.cfpress.com.cn
经　　销 新华书店
印　　刷 北京兴星伟业印刷有限公司
书　　号 ISBN 978-7-5047-6362-4/I·0244
开　　本 710mm×1000mm 1/16 **版　　次** 2017年3月第1版
印　　张 12.5 **印　　次** 2017年3月第1次印刷
字　　数 180千字 **定　　价** 30.00元

自 序

本书的书名《背篓中的小说》来源于笔者作的一首诗，名曰《土家竹背篓》：

以竹的精华
编织一个个坚韧的空间
装风雨
装丰收
装童年
装轻盈或沉重的山歌
装五千年历史
系在土家儿女的双肩
向上　向上
向前　向前
窄窄的山路
被现代意识一寸寸拓宽
宽阔的公路
从山外修到山里的吊脚楼前
无羁的山风来来去去
潇洒的车辆去去来来

为土家人分担不少沉重
闲置的竹背篓张开大嘴
露出憨厚的笑颜
旧了
破了
老了
就让一把火
将自己点燃
在寒冬
在人心中
留下最后一丝温暖

取名“小说”，是为了与笔者内部出版的另一部著作“谢群山工作作品选”《背篓里的杂志》及公开出版的诗集《背篓中的歌声》、诗文集《背篓中的美文》有所区别。

目　录

假戏真演

张三乃某县剧团的小品演员，很机智。这天晚上，剧团在县大礼堂里演出。他扮成一个肉贩子，站在舞台上，面对黑压压的观众，表演小品《卖假肉》，他手里拿一块“羊肉”，连连吆喝：“狗肉！狗肉！上好的狗肉！”

另一个演员李四正要从后台上前台去配戏，就被观众席上一个五六十岁的酒鬼抢先踉踉跄跄地跑上台，一个劲儿要看张三手里的“肉”。明白人都知道这“肉”是道具，是塑料做的，不能让酒鬼看，一看就会把戏搅黄。自然，这不是小品里的戏路。后台的剧团团长、导演等演职人员都急得要命，心都吊到了嗓子眼儿。张三却镇定自若，将那块“肉”提着晃过来晃过去，不让老酒鬼看清，还一边晃一边问：“带钱没有？”

老酒鬼答：“没带！”

张三说：“没带钱，看什么看？快回去！”

老酒鬼愣一愣，乖乖下台去了。可让人揪心的事儿还没完，因为让老酒鬼这么插了一杠子，按原来编好的戏路直接演下去显然是不行的。怎么办呢？这时，配戏的李四上台了，仍按原先的戏文对张三说：“买肉！买肉！我要上好的狗肉！”

张三说：“买什么肉？刚才你爹来买肉，没带钱，我把他轰走了！你莫非也是来拿我寻开心不成？”

李四也是聪明人，顺着张三说：“你凶什么？他是他，我是我！我带钱了……”

这样，走上了原来编好的戏路。后台的演职人员都暗暗松了一口气。哪知那个老酒鬼又晃晃悠悠地跑上台去，指着李四的鼻尖，气势汹汹地说：“我这辈子只生过闺女，哪来你这个龟儿子?!”

敢情老酒鬼没有儿子，而演员李四是男性，这自然要“坏菜”了。后台的演职人员刚刚放下的心又悬起来。张三却不慌不忙地迎上去，亲热地拉住老酒鬼的手说：“大爷，对不起！刚才，我认错人了。我这里正忙哩，等我忙完了，就请您老去喝酒。您老先下去等着，啊?!”

老酒鬼听说有酒喝，很高兴，很听话地下台去了。张三和李四又走上原来编好的戏路，后台的演职人员才又放心了。观众却一直浑然不觉，都以为老酒鬼是这个小品里的一个角色，都看得津津有味。

张三在台上“挂羊头，卖狗肉”，将一个肉贩子的丑恶嘴脸表演得活灵活现。小品演完后，他后面没戏了。为了防止老酒鬼再来捣乱，他到观众席上找到那个老酒鬼，笑嘻嘻地说：“大爷，走，咱们喝酒去！”

“啪！”张三做梦也没有想到，老酒鬼会扬手打他一记响亮的耳光。老酒鬼边打边狠狠地说：“谁和你这种人喝酒？你这个坑人的假肉贩子！”

诚信的力量

说的还是1988年的事儿。

1987年，我高中毕业后，没考上大学，成为本县城的一个小市民，闲在家里没事做，靠卖豆腐的老爹白养着，心里不免时时憋屈得慌。尤其是老爹常常责怪我，说我不愁吃、不愁穿，人也不笨，条件这么好，却读书不努力，没有给他争气，没考上大学，真对不起他的一番辛苦，真对不起我一年前去世的娘……真让人烦死了，我心里就更加憋屈得慌。一直“慌”到第二年的清明时节，一年一度的新茶出来了，我自食其力、扬眉吐气的机会才到来了。

我县为有名的“中国茶叶之乡”，靠山吃山，靠水吃水。贩贩茶叶应该是一条不错的财路。这天，想到这里，我大喜，当即去找老爹要钱。老爹以为我又像平时那样仅仅要点零花钱，就淡淡地问：“多少?”

自从不上学后，我和老爹就没有多少话好说，这时也就好歹忍住心里那个快要蹦出嗓子眼儿的想法，同样淡淡地回答他：“一千块。”

“啊！要这么多?!”老爹立刻惊讶了。那时一千元确实不是个小数，他要起早贪黑地苦挣半年。因此，他愣一愣，接着就警觉地问：“干什么?”

老爹像审贼似的，让我心里很不舒服，让我加倍想起他平时烦人的唠叨来。我就气冲冲地回答他：“反正不是做坏事!”

老爹来气了，严厉地说：“你这是什么话?!”

我也火了，大声说：“你给就给，不给就拉倒!”

老爹气得嘴里光“你、你、你……”，说不出整句话来。我不再理他，径自跑到叔叔那里。我老爹就这一个弟弟，却比他小近20岁。我是独子，比叔叔小10岁不到。老爹像父亲一样把叔叔拉扯大，他俩关系很亲密。叔叔像哥哥一样把我带大，我俩关系很亲厚。我平时有心事了，从不找老爹，只找叔叔倾吐。这时我找到叔叔，委屈地哭了，哭着将我想做茶叶生意的事说了，把我和老爹的冲突也一五一十地说了。叔叔想了想，说：“你想做生意，我支持，我借给你一千块。但我手头一时没有这么多钱。这样吧，我这就出门给你筹钱，你在这里等着。”

第二天一早，我喜滋滋地怀揣叔叔头天借给我的一千元，得意扬扬地出门，哪知临走时，老爹没头没脑地对我说：“你想做生意，可以，但要先去交税，啊!”

我没告诉老爹我要做生意的事，他怎么晓得的？但转头一想，我也就明白了——叔叔和他那么好，一定告诉他了。想到以往尤其是昨天他给我受的气，我懒得理他，就不耐烦地说了声“知道了”，然后径直到县城西面的我省“名茶第一乡”，“谋”得一车绿茶，请一个司机运到县城。可车子刚在小山城中心停下，税务人员就来收税了。我的钱全部买茶了，连运费都没有给，哪来的钱交税呢？我就求他们，说等茶叶卖到能交齐这车茶的税款时，就一定先交税。可税务人员手指周围三三两两的各种生意人，严厉地说：“你看，这里还有这么多临时经营户的税款要收，等得起吗?!”

我手头确实没钱，一时不知所措，不禁想起今早出门时老爹叮嘱的“先去缴税”的话，心里不禁为自己把他的话当耳边风而后悔。这时，可能税务人员看我还是十八九岁的“毛孩子”、社会经验还不够丰富，就缓和了口气，说：“没有现钱也可以，但要提供纳税担保人。”

我一时也不知到哪儿去找担保人。突然，我脑中灵光一闪，就问他们：“我父亲可不可以做担保人？”

他们问：“你爹是干什么的？”

我老老实实回答：“卖豆腐的。”

他们说：“卖豆腐的？一般是不能做担保人的！”

我急了，不顾一切地大声说出了我老爹的名字。他们听了，都愣了一下，然后就有人问：“是真的吗？”

我答：“那还能有假？！”

这时，已有很多人正围观我们。人群里几个既认识我，也和税务人员熟识的人立刻为我的话作证，有的还开玩笑说：“如假包换！”

税务人员放心了，他们边走开边笑着说：“那你先卖吧，等卖完茶再来交税。如果你跑了，我们就找你老子要税去！”

为什么我那卖豆腐的老爹在税务人员那里如此有“面子”？那得说说我爹这个人。我爹每天都要浸泡第二天要磨的黄豆，每次浸泡前都要用秤称出黄豆的斤两，并记在当地税务部门发的一个本子上，作为纳税依据。因他做的豆腐老嫩适度，卖时斤两足，价格公道，童叟无欺，所以生意很不错。税务部门组织评税时，每次他都自报一等。因此，我想他在本地税务部门那里的信誉一定很好，刚才就灵机一动，让他做我的纳税担保人，果然效果不坏！

没几天，我就顺利贩完了所有的茶叶，又主动去税务部门交了税，除去运费、成本等费用，我还赚了不少。怀揣这纳过税的干净钱，时不时摸摸这自己亲手挣到的人生第一笔“财富”，我心里可真美啊！我美滋滋地找到叔叔，很气派地从腰包里拿出一千元，要还给他。可他不接，微笑着说：“去还给你老爸吧。”

我一时以为没听清，半信半疑地问："你说还给谁?"

他一字一顿地说："你——老——爸!"

这下我完全听清楚了，感到不可思议。叔叔这才告诉我，那天，他听了我想做茶叶生意的想法后，觉得可行，就去仔细给我老爹说了，没想到我老爹很爽快地拿出一千元，让叔叔给我做本，并叮嘱先不要告诉我。

我明白了。霎时，我鼻子一酸，泪水立刻模糊了双眼。

我百感交集，喃喃说："父亲啊父亲……"

为什么不赢

钱银光先生赌运亨通，短短两三年，竟靠赌博赢来百万资财，由小赌到豪赌，竟没有输过一次，一时在国内外赌博界享有盛誉。这天，他灵机一动，决定以自己在世界赌坛的非凡影响力，召开首届《国际赌博“为什么不赢”》知识讲座。于是，他通过各种或明或暗的渠道，发出通知说“输得有资格者，方能报名参与这次讲座；因是首届，故参与者仅限于欧亚人”。

不久，三个外国人同时来到中国钱银光先生府上。一个是韩国少妇金前苏，她赌钱总是不赢，看看将要把家财输光，丈夫赶紧和她离了婚，她就把手中仅剩的一点钱作为路费，来到中国，报名参加讲座。另一个是日本小伙横直布银，他赌钱总是输，看看要把父亲留给他的唯一财产——一个大企业输完，就赶紧把企业剩下的一点资产变卖后，筹得路费，来中国报名参加讲座。还有一个是俄罗斯中年人苏得彼亦诺夫，他赌钱总是不赢，先是输光了家产，再是把漂亮的老婆输给了别人，最后只好把一双可爱的儿女卖给人家，筹得路费，来到中国参加讲座。

钱银光先生听了他们三个人的情况，当即哈哈大笑，笑过之后就为他们讲解开了："为什么你们总是输？因为你们的名字取得不好！你们看——金前苏，就是'金钱输'，赌博不输钱才怪哩；横直布银，就是'横直不赢'，赌博怎么会赢呢；而你，苏得彼亦诺夫，就更不会赢了，因为你的名字在我们中国人听来，就是'输得不亦乐乎'！"

三个外国人几乎都是中国通，这时听钱银光先生释疑解惑后，当即恍然大悟。金前苏反应更快一点，她用不太纯熟的中国话说："难怪钱先生赌博总是赢，因为您的名字起得好——钱银光，就是'光赢钱'的意思！"

横直布银和苏得彼亦诺夫听了，更加明白，连连点头，表示赞同金前苏的话。横直布银的反应又略快一点，当即向钱银光先生虚心请教："那，钱先生，你说我们怎样才能赌博总是赢钱呢？"

这话也问到金前苏和苏得彼亦诺夫心坎上了，他俩赶紧跟上说："是啊，是啊，钱先生，我们怎样才会总赢呢？"

钱银光先生又是哈哈一笑，说："这还不容易！改名字呗。"

"怎样改？"

"金前苏改成'金钱赢'，横直布银改成'横直不输'，苏得彼亦诺夫改成'赢得不亦乐乎'。"

"哇，太好了！我们改名后，立刻回国，拿命去赌，把失去的损失夺回来！"

金钱赢、横直不输和赢得不亦乐乎高兴得大声欢呼，欢呼后立即起程回国，拿命去赌。可是，他们依然没赢，而是把命都搭进去了。同时，钱银光先生的赌运也垮了，不到一年，就把百万资财输得精光，不禁气得吐血，吐着吐着，就要死了，临终前自嘲地说，他要改名。别人问他改成什么。他说："钱输光。"

一个很反对赌博的老先生听了，轻蔑地说："你连'姓'都要改！"

钱输光先生用尽最后一口气，微弱地问："改成什么？"

老先生答："改成姓'命'，命输光。"

4×4=16

有个司机叫张三，最近他买了一辆二手车，准备跑运输。张三把车子开回了家。听到喇叭响，妻子乐颠颠地跑出来，对着车子左看右看，心里乐开了花。夫妻俩正笑着，突然两人全都瞪大了眼睛：只见这辆车子的驾驶室外面被人用红漆写着“4×4”，也不知是什么意思，虽然有点刺目，但夫妻俩想想也没有什么大碍，也就算了。

就这样，这车子要么出去跑运输，要么就在张三的屋旁停着。

这天，有个小学生趁张三不在，在“4×4”后面用粉笔醒目地添上了“=16”。

张三发现后十分恼火，可他不知道这个捣蛋鬼是谁，所以只能干瞪眼，没办法，只得将“=16”擦去。

谁知道到了第二天，这个小捣蛋趁张三不留神，又将“=16”添上去了，张三更恼火，可他还是没辙。

油漆写的“4×4”没法抹掉，你不抹掉他就会给你添上“=16”。一个大男人竟斗不过一个小调皮，张三实在咽不下这口气！他绞尽脑汁，最后还真想出了一个绝妙的主意：他到了工艺美术店，订了一个

“4×4=16”的新牌子，紧紧地钉在车皮上。张三想：这下你这小调皮总没什么好写了吧？

这天早上，张三刚吃了早饭，忽然货主打来电话，急着要他去拉一批货。张三放下电话就往屋外跑，哪知跑到车旁一看，险些儿气得晕倒。他随即破口大骂起来。妻子听到声音跑了出来，对着车子一看，顿时傻了眼：只见那个小捣蛋又在新做的车牌后面用粉笔画了一个大大的“√”，而且十分醒目地批道：“对了！”

偷 牌

张三一直是小县城街上的小混混，三十大几的年纪了，还没娶上老婆，整天东游西逛，把街上普通人家的情况摸得倍儿熟，但也有他不够熟悉的去处。比如，这天上午，他溜到一户年轻的盲人夫妻窗下时，突然听到男盲人说："我们打牌吧?"

女盲人娇滴滴地说："好!"

张三听得一怔，想："两个瞎子，看都看不到，打什么牌?!"

他好奇心大起，扒到窗户上，向里仔细瞧，发现盲人夫妻搂搂抱抱地走进卧室去了。他恍然大悟，一下乐了："原来他们说'打牌'，是要亲热的暗语啊!"

发现了这个秘密，他特别兴奋。他知道男盲人每天下午都要上街给人算命，眼珠一转，就打定了坏主意。

吃过午饭，张三来到盲人夫妻家门跟前，瞅见男盲人出去了，就溜进去，装成男盲人的声音，对女盲人说："我回来了，我们还是打一牌后，我再出去挣钱。"

女盲人没听出什么不妥，就顺从地和"张三"亲热了一番，不知不觉地被骗走了贞操。

晚上，男盲人回到家，吃过饭不久，就要和女盲人“打牌”。女盲人说：“我们今天都打过两次了，明天再打吧。”

男盲人说：“你记错了，我们今天就上午打了一次!”

女盲人急了，大声辩解：“下午我们又打了一次你才走的!”

男盲人也急了，问明来龙去脉后，高声叫苦：“完了，有人偷牌!”

正好一个巡警从他们窗下经过，将这句话听得清清楚楚。难道里面在聚众赌博？得进去看看。他冲进去，仅仅看见两个盲人，感到很奇怪，就询问起来。盲人夫妻一五一十地说出了事情的经过。巡警知道有人犯法了，立即着手调查，不久就抓到张三，将他铐起来。张三大声质问：“凭什么抓我?”

警察回答：“因为你‘偷牌’了!”

张三先是一愣，随即明白过来，然后就瘫在地上。

可爱的板栗

我县是国家级贫困县。我在县医院办公室工作。2006 年，我院对口帮扶特困村——板栗乡的板栗村。听村干部介绍说，村里最穷的是一户姓关的人家，男主人又聋又哑，女主人又呆又傻，年年要吃国家救济才能维生。最主要的原因是，关哑巴的傻老婆常年害病，肩不能挑，背不能扛，使他家长期陷于困境。我院决定无偿治疗关哑巴老婆的病，并派我去将他们接来。

这本是许多特困户求之不得的好事，哪知这户人家却百般阻挠。

百般阻挠

我记得很清楚，那天是 10 月 28 日，上午，我与村委会主任、副主任、妇女主任一起，从山腰公路尽头出发，向上攀登一座直刺青天的高峰。漫山遍野都是棕红色的板栗，我们捡着，吃着，接近中午时分爬上山顶，肚里再也吃不下，口袋中也装了不少。我们又沿山脊走了两个多钟头，才走到关家。我出身于本县农村，知道贫困农民的难处，但走进关家，还是震惊了。在一圈垒起尺多高的新土墙边，有一栋歪斜的木架房，只有一面装上了整齐的木板，其余三面都由一人高的玉米梗围住。玉米梗上面一截空着，根本不能遮风挡雨。屋里木椅比较充足，其他的家具则少得不能再少，连一张简易的餐桌都没有。倒是有一个柴火燃烧得很旺的火塘。火塘边围坐 3 人——一个老态龙钟的婆婆；一个傻里傻气的中年妇女，很瘦，一脸病容；一个大约两岁的男孩，灰土灰脸，连裤子也没得穿，赤条条地站在老婆婆怀里，上唇挂两条绿鼻涕……

老婆婆告诉我们，她是傻女人的母亲，她女婿关哑巴正在地里干活。我们坐下来，向傻女人说明有关情况，说接她到县里去治病。她竟然说她的病很重，肯定要做大手术，而她怕疼，因此不去。我说，手术前要打麻醉药，不会疼。傻女人想想，说，新墙没垒好，冬天会挨冻。村主任表态说，村里会组织劳力来帮忙把墙垒好。傻女人又说麦子还没种完。村副主任表态说，村里会组织劳力来帮着把麦种上。傻女人又说做了手术，就不是“完人”了，哑巴丈夫肯定看不惯，会打她。村妇女主任一下就火了，大声呵斥傻女人：“医院白给你治病，你还不去！你家这样穷，就是因为你的病害的！你四两力都没有，不穷才怪！如果你不赶快治好病，你家就没指望了！”

傻女人不说话了，低头看火苗，不怒也不笑。村干部告诉我，傻女人能这样连续几天沉默不语。他们怀疑她是否真傻。

老婆婆说话了：“如果你们做通了哑巴的工作，让她去，她就去！”这招很损。对于一个又聋又哑的残疾人，能做通工作吗？显然，这是老婆婆故意刁难我们。来这儿之前，我就听说，关家的真正主人是这位 70 多岁的老婆婆，看来果然不假。也不知这个老婆婆是老糊涂了还是怎么的，有这样的好事，她竟然也像傻女儿一样不干。

怎么办呢？就这样放弃吗？我不知道。

柳暗花明

我正感到不知所措时，一个中年男人从外面归来，背着粪筐，脸色凶恶，双手使劲向后划动，嘴里“呀呀”直叫。显然，他就是关哑巴。他是在要我们“快滚”！老婆婆的脸皮中隐隐现出幸灾乐祸的笑意。我们非常尴尬，但都没有“滚开”。哑巴见状，放下粪筐，在我们身旁坐下，警觉地盯视我们的一举一动。为了缓和紧张气氛，我从口袋里掏出一把板栗，递给小男孩。小男孩先犹疑一下，接着就一把抓过去，迫不及待地剥着吃起来。哑巴笑了。显然，我的爱心打动了他。他捡起一根细树枝，在火坑的灰上认真写了一个“姓”字，又在后面写上“?”，然后指指我，口里“呀呀”连声。

我惊呆了，愣一下，猛然明白了——哑巴正在问我“姓什么”。我灵机一动，也拿起一根小树枝，在灰上写了一个“谢”字。哑巴认真看完，连连点头，又笑了。原来，他竟能读书写字！村主任介绍说，哑巴一般都很聪明，关哑巴尤其心灵手巧，不但识文断字，还会刻图章和一些木工，家里的木椅就是他做的。看来有戏，我不禁大喜，当即取出随身备用的纸笔，写道：“关同志——”

哑巴脸上的笑意更浓了。看来，他很喜欢“同志”这个平等亲切的称呼。后来我才知道，虽然村干部对哑巴一家怀有好意，但态度比较粗暴，以致他刚才对我们没有好脸色。我又写：“不需出钱，还给营养费，让你陪妻子去县医院治病，好吗?”

哑巴写道：“治病要开刀，开刀就把人治坏了!”

我看了，终于明白这才是这家人不让傻女人去治病的根源，就微微一笑，写道：“前年我得了大病，还做过大手术，开过刀。看，我这样胖。原来我也像你爱人一样，很瘦，就是开刀手术后才变胖的。如果你爱人治好病，就会像我一样，变得强壮起来。”哑巴看过，笑意满脸，竟点头答应了!

爱心战胜了麻木，科学战胜了愚昧，智慧战胜了困难。在文化的伟力下，最大的难题解决了，后面的问题自会迎刃而解。过一会儿，我们带上关哑巴夫妇，向板栗乡的小集镇进发。

第二天中午，关哑巴夫妇来到县城，对街上的一切都感到很新奇。原来，他们以往很少走出家门，到过的最远的地方就是板栗乡小集镇。下午，傻女人在县医院做了检查，果然查出不少疾病，接着做了手术，将病根彻底铲除。她住院期间，关哑巴只要有空闲，就往街上跑，回来时总是显得很兴奋，笑嘻嘻的，好像捡了宝似的，往往还带回来数十粒从水果摊上买的炒板栗送给我。我明白，这是因我受单位指派，一直联系他们在医院的一切，故对我表示一点心意，也就坦然地收下，并散发给同事们享用。他见我给人送过名片，就在他妻子出院后我送他们坐车回板栗乡时，也向我讨了一张去。

没想到，更让我惊喜的事儿，还在后头。

意外之喜

晃一晃，就到了现在。一天，我从邮局收到一个包裹单，看看寄件人地址栏，发现是从板栗乡寄来的，落款处有“蔫板栗购销公司缄”字样，心中不禁感到疑惑:“自从关哑巴夫妇出院后，我就没去过板栗乡，更不知道什么‘蔫板栗购销公司’，谁会给我寄东西呢?”

带着疑问，我急急到邮局取到包裹——是沉沉的一袋板栗，颗颗都半干了，却不硬，也没被虫蛀，板栗肉软乎乎的、脆生生的、甜津津的——正是我们县农村俗称的“蔫板栗”。小时候，我们农家喜欢把刚成熟的板栗放在筛篮内，搁在炕架子上，常常搅动，或是装在棕口袋内，挂在木板壁上，时常摇动。这样，板栗既不会生虫，也不会发霉变质，过一段时间，就能制成这种清甜可口的“蔫板栗”。

但，这是谁寄来的呢？我不知道。好在下午，当我打开电脑，就知道了答案。我的电子信箱里面有一封信——竟是关哑巴寄来的。原来，那次他在我院陪老婆治病时，到县城街上逛了一段时间，发现许多水果摊上都卖板栗，而且都是才从林中捡回不久的，如果顾客不善于制作“蔫板栗”，买回后要么赶快生吃，要么炒着吃，否则不宜久放，因此水果摊大都把板栗炒了卖。他灵机一动，回去后，做好准备，第二年就和已完全能干体力活的妻子大量收购板栗，并精心制作成“蔫板栗”，或者从乡亲们手中直接收购蔫板栗，边宣传边购销，边购销边宣传，竟然越做越大，发了财，前不久把家从深山老林中搬到了板栗乡的小集镇上，成立了自己的“蔫板栗购销公司”，前几天家中购置了电脑，上了网，预备通过网络销售蔫板栗，刚学会打字和发电子邮件，就给我寄来他精选的蔫板栗，并按我名片上的电子信箱写信报喜。

想到关哑巴与人谈生意用笔而不用嘴，我就感到很欣慰。

贺龙和他的队伍

这个故事是爷爷在世时讲的，那是有关贺龙的故事——

1931 年 3 月，一个雨天，雾气蒙蒙。我们一家刚吃过早饭，家里来了一个当兵的。他对我们说：“我是贺龙队伍里的人。你们莫怕，我们是老百姓的队伍。”

听他这样说，我们反倒怕起来。当年，我们这里是贺龙经常出没的地方，常有自称是“贺龙的队伍”来烧杀抢掠，因此，当地的老百姓都很害怕“贺龙的队伍”。不过，我向来胆子大，就冷冷问他：“你来有么子事?”

他说：“我们的队伍要拉上雨花寨去，爬上这半山腰，雾太大，我们迷路了，想请您带我们上寨子去。”

我想：“我不带他们去的话，他们会残害我全家；带他们去，最多死我一个。”于是让他去把队伍带来。

一会儿，一列队伍从雾里开来。我带他们直上雨花寨。路上没人和我说话。队伍中也静悄悄的，只听见整齐的脚步声……

一气走了 20 多里小路，来到寨顶，队伍停了下来。雾渐渐散去。

这里是一片平地，上面长满稀稀落落的树木。

这时，我才看清，战士们的穿着有些破烂，脸色憔悴。他们散乱地在树上挂挎包，寻水喝，找柴火，一会儿就在空地上燃起一堆堆柴火，并且十个、八个分组，围火坐成一圈一圈，边烘烤湿衣服，边轻声谈笑。有几堆火上则分别架上铁锅，煮上饭菜。不一会儿，林中就充满饭菜香和一阵阵健康活泼的笑声。

我站在一棵树下，呆呆地看着这一切。突然，耳旁响起一阵爽朗的笑声，一个浓重的湖南口音说："老乡，去烤火吧！"

我转头一看，是一个身材魁梧的中年人，方脸盘，上唇留一撮"一"字形黑胡子，嘴上叼一根曲里拐弯的洋烟斗，正笑眯眯地看着我。我不知怎么办才好，就见他招手叫来那个找我带路的人，对他说："这位老乡带我们走了这么远的路，很辛苦，你要让他去烤火、吃饭。饭后，让他回家。"又对我说，"老乡，谢谢你！"说完，对我笑笑，转身走了。

过一会儿，饭菜熟了。战士们都从各自的挎包里拿出碗筷，去锅里盛来饭菜。那个问路人用自己的碗去盛来饭菜，让我吃。

饭后，他对我说："老乡，雾已散去，我们不必再麻烦您带路，您可以回家了，我代表贺龙将军谢谢您！"

我心中怦然一动，想起刚才那位中年人，以及人们传说的贺龙的模样，于是斗胆问他："刚才那个中年人是贺龙？"

他笑笑，答："正是他。"

我顿时明白了：这支队伍才是真正的"贺龙的队伍"，才是真正的"老百姓的队伍"；而原来那些自称是"贺龙的队伍"的队伍，恰恰是"贺龙的队伍"的敌人。我想，将来这天下是他们的。果然，后来共产党打败国民党，旧中国变成新中国，我们老百姓由受压迫的人变成国家的主人，贺龙将军也升为元帅。这时，在报上常常看见他的相片，我真想再见见他……

画 技

从前，有一位在方圆百里都很有名气的画师，名叫张三，收了一个名叫李四的年轻人做徒弟。李四脑瓜灵，很聪明，学了不到一年，他的画就受到人们不少称赞。他自己也认为已经超过了师傅，在别人的怂恿下，要和张三比试比试，看看到底谁的画技高明。张三推辞几次，无奈李四铁了心要比，只好答应。

这天，在很多当地人的围观下，李四请来有名的老画师王五当评委，要和师傅张三比赛画蝴蝶，画好后用碗盖着。王五先揭开李四的碗，发现蝴蝶就像要飞起来一样。在边上看的人不禁啧啧称奇。李四大喜，认为师傅最多也只能画出这个水平，就扬扬得意地去揭师傅的碗，可手刚在碗上一摸，就神色大变，当即转身跪在张三面前，磕了三个响头，大哭，边哭边说："师傅，现在我才晓得学海无涯，您的本事我一辈子都学不完啊！"

在边上看的人都大吃一惊。王五也感到不理解，他去张三的碗上一摸，才明白李四的意思。原来，他摸到的碗是平的，那是画的一个碗，下面根本就不需要画蝴蝶！

会事的客人

在鄂西五峰土家山寨的土话中，“会事”是处事活泛、善于随机应变的意思。会事的客人就是机灵的客人。

三年自然灾害时，全国闹饥荒。在五峰，一个人到一户人家去做客。老板娘子（即女主人）弄饭时，这个客人坐在灶门口帮着往火上添柴。

老板娘子拿来鸡蛋，突然急得脸红一阵、白一阵，不知如何是好。客人仔细一看，发现灶沿上有盐无油，心想：“这年头连人都吃不饱，哪有粮食喂猪？肯定是这家没猪油炒鸡蛋了！”想到这里，他赶紧对老板娘子说：“您是炒鸡蛋吧？如果你们自己不喜欢吃，就最好不要炒，因为我就爱吃个石滚蛋！”但他心里却悄悄说：“其实，我最爱吃炒鸡蛋了！”

煮石滚蛋只需开水，自然不要油盐。顿时，老板娘子喜得眉开眼笑，赶紧往已烧红的锅里放上水，煮起石滚蛋来。

客人晓得为主人解了围，心上喜得直像锅里的鸡蛋打滚哩！

会事的妇人

这里说的是乾隆皇帝来我们三峡微服私访的事儿。这天，乾隆带着一个随身太监，走出夷陵古城，可走了一上午，还没碰上一户人家，又没带干粮和水，不禁又饥又渴，两人就背靠背地坐在路边的一块大石上歇脚，一会儿就东倒西歪。这时，一个农村妇女走过来，手里提一个篮子。她看见两位远客的狼狈相，晓得是饿的，就从篮子里端出两大碗饭菜，给他们一人吃了一碗，然后提着剩下的一碗，给她丈夫送去。

乾隆和太监远远看着：村妇走近她丈夫，刚说几句话的光景，两人就拉拉扯扯的。村妇回来时，眼睛红红的，对两位客人勉强笑笑。乾隆问她："刚才我们吃了你丈夫两碗饭，他怪你吗?"村妇赶紧回答："不是的，他说我为啥不把你们请到家里弄一桌像样点的饭菜——对远客这么平平常常的，太不恭敬啦！因此他骂我，还想打我。"乾隆听了，很感动，立刻从腰上解下那条纯金的腰带，递给村妇，说是要送给她丈夫。村妇仔细看看腰带，死活不接受这么贵重的礼物。太监急了，在旁尖声说："这是我们皇上啊！让你收下你就收下吧！”村妇端详端详乾隆，就跪倒在地，双手接过金腰带，然后眼看乾隆和太监起身离去，直如做梦一般。

她丈夫远远看见，觉得奇怪，就过来询问，听得这个天大的喜讯，立刻后悔得肠子疼——刚才真不该因客人吃了自己两碗饭就对妇人发火。

小金壶

弟弟遭难

从前，有一个老人，拥有一栋十间房子的大瓦屋、十亩地、一头大黄牛、一条大白狗。他的老伴已去世，给他留下两个儿子。哥哥 20 岁，已娶妻成家。弟弟 16 岁，还在学里读书。

这天，已卧病在床半年多的老人知道自己快要死了，赶紧让人把两个儿子叫到跟前，说：“我……我不行了，给你们把家……家……家产分了吧!”老人的话才说到这儿，就断了气。

家还没分，怎么办呢？父母不在了，家中的事自然由哥哥做主。哥哥对弟弟说：“弟弟，现在爹死了，这家就由我做主来分。我已成家，家庭负担重，所以房子、地、大黄牛、大白狗、一整套家具，都归我，才像家。而你呢，有知识，又年轻，还没有妻子儿女，一人吃饱全家饱。因此，你把家中那口猪食锅和那把铁锅铲拿去，就行了。”

弟弟知道这是哥哥要把自己赶出家门，禁不住眼泪涟涟，但他是个很有骨气的人，就扑在死去的父亲身上哭一会儿，然后对哥哥说："那就麻烦你把爹安葬好。我走了。"

老大笑逐颜开，赶紧起下那口猪食锅，连带那把旧锅铲，送给弟弟。弟弟背上两件铁家伙就走。哪知那条大白狗跟弟弟很有感情，当即跟上去，任哥哥死拉硬扯就是不转身。哥哥无法，只好随它跟了弟弟。

弟弟一直走到对面高高的山腰上，把铁锅和铁锅铲放下，坐在林中，捧头就哭。

弟弟哭了三天三夜，没眼泪流了，才抬头。大白狗上前舔去他脸上的泪痕。他突发奇想："要是狗能耕田，就好了！"

他想着，就对大白狗说："如果你能耕田，就把尾巴上下摇摆三下吧。"

他说完，就盯住大白狗的白尾巴。

大白狗不舔弟弟的脸了，身子站住，将大尾巴慎重地上下摇了三下。

弟弟很高兴，一下忘掉烦恼和痛苦，跟着大白狗，在林中转一会儿，找一些野果填饱肚子，然后拿起铁锅铲，在石头上磨成一把锋利的刀，又砍光一片树林，做成一架木犁，套在大白狗身上，在荒地上耕出一块粮田，还用树木和树皮，在田边支起一间木棚住下。饿了，就去采果吃；渴了，就去喝泉水。

大白狗去了一趟山下，衔回一包白菜籽。弟弟把菜籽种到田里，经过精心照料，不久就长出大白菜。他把大白菜背到山下去卖，换来大米、肉和一些其他食物，有时还带些余钱回家。

几年后，在那块白菜地旁，弟弟建起一栋大瓦屋，并喂上猪、牛、羊等牲口，和大白狗一起，过上安定的生活。

他没想到，会有美事儿等着他。

巧得金壶

一天，弟弟带上干粮，到山顶去打猪草。

中午时分，他累了，就坐在一块石头上吃干粮，看大白狗，看天上的白云，听山间的声音。

他身边是悬崖，崖底是一条深沟。

突然，从悬崖下传来吃喝玩乐的声音。

弟弟感到十分奇怪，三口两口吃完干粮，就趴到崖边，伏下身子，仔细倾听。吆五喝六的声音越来越清晰。听情形，好像有人在崖腰上喝酒吃肉。

弟弟探身一看，发现崖腰上有一个崖洞。声音肯定是从洞中传出来的。他又向四周看看，发现有几条手臂粗的葛藤从崖顶上的一棵大树上垂下去，刚好经过那个洞口。

他按捺不住好奇心，就抓住葛藤，慢慢降到洞口，偷偷向里一望，不禁大吃一惊。洞很大，向里不见尽头。一二十个青面獠牙的妖怪围坐在几张长桌边，喝酒吃肉，猜拳行令。每张桌上，都有一把金光闪闪的小壶。妖怪们要喝酒了，只要闭眼一想，手在壶身上一摸，壶嘴里就会冒出一股白气。白气落到桌上，就变成一杯杯好酒。

弟弟闻见那些酒香喷喷的，真想进去喝几口，但他不敢进去。

他想："要是能得到一把小金壶，该多好啊!"

想着想着，他猛然想起一本书上说妖怪们都怕公鸡。想到这里，他张口就"咯咯咯——"，学了几声公鸡叫。

果然，那些妖怪十分慌张，都离开桌子，跑进洞的深处躲起来。

弟弟蹑手蹑脚进去，取下一把小金壶，揣在怀里，又轻手轻脚地回到洞口，揪住粗葛藤，攀缘上去。

弟弟回到崖顶上坐下，从怀里掏出小金壶，放到地上，然后闭眼想："小金壶，小金壶，请给我来一杯好酒吧!"睁开眼，他用手在壶身上一摸，就看见壶嘴里冒出一股白气。白气落在地上，变成一杯香喷喷的好酒。他端起来，呷几口，果然十分香醇。他连要几杯喝下，有些醉了。他又想："我还想要些下酒菜。"他闭上眼，想想有生以来见过的好几种美味佳肴，然后睁开眼，又在小金壶上摸一下，就看见壶嘴里冒出一股白气。白气落到地上，变成一个托盘。托盘上有他想过的各种好菜。他将每种好菜都尝一尝，觉得既不腻，也不淡，很合口味。

他又要了一碗饭吃，还要了两杯酒喝，已有了几分醉意。

酒足饭饱了，他又闭上眼，希望把剩菜剩饭全都"想"进小金壶，也免得浪费了。他睁开眼，在小金壶身上摸一摸，就看见地上的残汤剩饭都化作一团白气，回到壶嘴里。

他十分高兴，不觉又闭上眼，想："要是金壶能为我建一栋比皇宫还要好的大宫殿，就好了！"这么一想，就睁开有些蒙眬的双眼，手在小金壶上一摸，就听见天上响起一声惊雷。

霎时，地动山摇，粗壮的树木飞向空中，在半空撞击得乱响。

弟弟惊出一身冷汗，酒立刻醒了几分。

他害怕起来，想："这可能是上天看我向小金壶要这要那，有些贪得无厌，来惩罚我的！"越想越怕，不禁吓得昏倒在震动的地上。

弟弟醒过来时，天已黑了，但他发现山腰金光闪闪，祥云一片。他看看天上，没看见月亮；又向下看看，就发现自家那儿最亮。正疑惑间，他猛然看见手边金光闪闪的小金壶，顿时明白是小金壶已为他建成了一栋比皇宫还好的房子！

他激动地拿起小金壶，揣在怀里，跑回家去。

一座比书上画的皇宫还好的房子立在原来的瓦屋所在地，瑞光闪闪，金碧辉煌。

弟弟走进大门。大白狗迎上来，和他亲热一番。他走进宫里，每一样摆设都完美无缺，光看看就很舒服。

他走上楼，来到一张茶几边，坐下，从怀里掏出小金壶，"想"

出一杯香茶喝，觉得十分舒服。

他坐一会儿，想一会儿，就如在梦中一般。

过一会儿，他感到体内有些紧张，就抱着小金壶下楼去找厕所，路过一间很像养猪房的偏屋。这养猪房比他想象的还要好，里面却只有一张蜘蛛网和网上的一只大蜘蛛。他想："为什么那不是一头大肥猪呢?"想着，就在小金壶上摸了一下。

突然，蛛网散了。大蜘蛛落下地，转眼之间，就变成一头摇头晃脑的大肥猪，望着弟弟直哼哼，一副很可爱的蠢样子。

弟弟来到猪房后面一间房里，只见平整的地上有两个脚印。他不管三七二十一，双脚踏上脚印。脚印中间自动现出一个深不见底的小洞，还有香气飘出。

弟弟解完大便，站起身。面前的平壁上凭空缓缓伸出一块玉板。玉板上面放着几张卫生纸。

他没想到，更美的事儿还等着他。

娶回龙女

弟弟得到无所不能的金壶后，却不坐享其成，仍常常劳动。

这天，他想吃鱼，就让大白狗照家，自己带上干粮和钓鱼竿，来到山下的小河边垂钓，从日出钓到日落，没钓到半条鱼，他正有些着急，就钓上一条尺来长的大鲤鱼。

他大喜，回到家，把鱼放在砧板上，用刀切，可一切，鱼就狠命一滑，躲了过去。

一会儿，弟弟满头大汗，仍没有切到鱼，就捉起这条鱼，仔细看它，竟发现它眼泪汪汪，不禁慈悲心发，决定不杀它了，转手把它放到水缸里养着。

他觉得很累，向小金壶要过酒菜吃过，就去睡了。直到第二天中午才起床。可它刚洗过脸，就发现桌上摆满了丰盛的饭菜，热气腾腾，里面好几道菜，他见所未见。他疑心是自己在梦中向金壶要出了这一桌早餐，就心安理得地吃起来。但他觉出其味道比以往向金壶里要的饭菜还好吃十倍。

他没觉出有什么不对劲儿。梦里什么事不会发生呢？

他吃过早餐，就去地里劳动，哪知晚上回来时，桌上又摆满了热气腾腾的饭菜，花样和中午的也不相同。他照吃不误，其味道和中午不同了，但同样好吃。他有些疑心了，吃着吃着，他心中就活动开了，最后暗暗打定一个主意。

翌日，弟弟早早起来，吃过一顿早已做好的丰美早餐，就出门下地劳动，可到午饭前约一个时辰时，他就悄悄跑回家，轻手轻脚地潜到厨房外的窗边，舔破窗纸，从纸眼向里瞧。

水缸里一阵水响，那条鲤鱼跳上缸沿，鱼壳从鳃边裂开，慢慢裂到尾部时，从里面跳出一个尺来长的小女孩。小女孩轻飘飘地跳到地上，霎时长成一个十七八岁的大姑娘。她系上围裙，从金壶里要出肉、饭、菜等，在灶上忙活一会儿，就整出一桌色香味俱全的好饭好菜。她将各样饭菜尝一些，就脱下围裙，缩小成小女孩，腾云驾雾地跳上缸沿，钻进鱼壳，复又变成大鲤鱼，跳进水缸。

弟弟心说："天啦！天下的奇事都让我给碰到了，先是得到小金壶，现在又钓回一个神仙妹妹。"

他止住狂喜，才推门进去吃饭。吃着吃着，又在心里暗暗打定一个主意。

饭后，弟弟又去地里劳动。离吃晚饭还差半个时辰时，他又悄悄回到家，在厨房外偷看，刚等神仙妹妹站到灶前，就破门而入，一把拉住她。

仙女羞红了脸。弟弟热切地问她的来历。她说，她本是东海龙王的小女儿，因在梦中听天神说她的夫婿在一座高山中，并详细叙述了他的模样，她就由海入江，由江入河，游到这座山下时，看见弟弟来钓鱼，发现他和天神所说的一模一样，就故意被他钓中，后来发现他的生活条件比龙宫还好，却坚持下地劳动，肯定是个勤劳善良的聪慧人，当即死心塌地，决心跟他过一辈子，现在就这样了……

弟弟大喜，当晚就和小龙女拜了天地，做了夫妻。

过了一段时间的幸福生活，不知为什么，弟弟突然想起了哥哥，不知有侄儿了没有，也不知他们一家过得怎么样了。

哥哥受穷

再说哥哥。

哥哥已有一个五岁的儿子。哥哥一贯好吃懒做。他家的地里已长满荒草。几年来，他坐吃山空，家里贮藏的东西已不多了。那头老黄牛眼看就要饿死了。

这几天，儿子常常向他要肉吃，妻子也唠唠叨叨地埋怨他。他很烦，爬上床就睡。三天三夜过去了，他还不起床。他老婆气得要死，一把揪住他耳朵，将他扯起身来，吼叫着说："死东西！你儿子好几天没闻过肉味了，你还不想想办法?!"

他仔细看看。果然，妻子、儿子都已面黄肌瘦。但他无可奈何地说："你叫我有啥办法?"

他老婆说："前几天晚上，我看见对面山上总是霞光闪闪。说不定那里已住上神仙。我本想上去看看，但我听人说女人家结婚后不便见神仙，就没去。今日，家里的粮食都吃光了，早上那头牛也饿死了。你是男人家，你去求求神仙，说不定以后的日子更好过呢!"

哥哥又惊又喜，一骨碌从床上爬起来，可刚下地，就倒了。他太饿了，在床上躺着不觉得，这时起床了想站着，才觉出，就吩咐老婆去把那条死牛弄些肉下来，饱餐一顿后，就向山上进发。

黄昏时分，哥哥来到山腰，果然看见一座仙宫，当即整整衣衫，畏畏缩缩走上去，在门前装模作样地咳嗽几声。

仙宫里走出来一位女子，衣衫光鲜，神采照人，十分美丽。

哥哥不敢仔细看她，立刻就吓得趴在地上，一边磕头，一边说："神仙姐姐，神仙姐姐！救救我吧……"话还没说完，就听见一个耳熟的男人声音："这不是哥哥吗？快请进！"

哥哥吃惊地抬起头，就发现神仙姐姐身边站着一位神仙男子，衣衫飘飘，相貌清秀英俊。

哥哥猛然想起一个人来，不禁面色通红，羞惭地对那个男子说："弟弟，我以为你早死了，没想到你变成神仙了！我原来把你赶出家门，真不是人啊，真不是人！"说着，他就大哭起来，又跪在地上左右开弓，连连扇自己耳光。

原来，这二人正是弟弟和小龙女夫妻俩。

弟弟捉住老大的手，把他扶起来，说："哥哥，何必这样?!"

小龙女说："你们的事我都晓得了。你们兄弟分开这么久，好几年才见面，是大喜事啊！哥哥，快进屋来坐！"

兄弟俩在客厅叙谈。小龙女进入厨房，从金壶里要出一些酒菜，加工一番，摆了满满一桌。

在客厅里，哥哥和弟弟叙说旧情间，哥哥连干三大杯香茶，连说"好喝"，又闻到厨房里飘来的香味，早已吞咽了不少口水，这时听到小龙女说一声"哥哥请用饭"，就迫不及待地坐上桌，不等人请，就连连下箸，瞬间把一盘喷香的炒肉丝吃得精光。

小龙女走进厨房，一会儿又端出一盘炒肉，顷刻又被哥哥风卷残云般打扫干净。

小龙女再次整治出一盘肉丝。哥哥再次三下五除二地干完，这才喘过气来，不好意思地笑笑，开始喝酒，吃其他的菜。

不一会儿，大半桌菜，都被哥哥硬是撑下肚。直到好歹撑不下去了，他才住口。

夜里，哥哥起床上了好几回厕所。

第二天，哥哥又享受了一顿丰盛的早餐，才想起自己面黄肌瘦的儿子和老婆，才想起这次来山上的目的，就不顾羞耻，一五一十地把自己家现在的情况如实向弟弟、小龙女说了，然后乞求弟弟帮助他摆脱困境。

弟弟则向哥哥说明了巧得小金壶的具体情形，让哥哥以后有了困难就来找他。说完，就和小龙女预备了一大堆衣服和食物，捆好扎好，让大白狗帮着送哥哥回家。

哥哥很感动，硬心肠渐渐变软。

哥哥回到家，一边让大白狗回到山上去，一边把带的东西交给老婆。一家人吃好东西，穿好衣服，很高兴。

老婆问明丈夫在弟弟家中的遭遇，心思就活动开了，晚上尽心服侍丈夫和儿子睡下后，自己却睡不着，一直想心事，足足折腾了一夜。

第二天一早，老大还沉没在梦中，就被老婆推醒。老婆对他说："死鬼！昨晚我想了一夜，要是我们也有一把小金壶，就太好了！"

哥哥不耐烦了，呵斥说："我说老婆，你就安心过两天好日子吧！到时东西没了，我再去找弟弟要就是！这是昨晚我从弟弟家走时，他一再叮嘱我的，反正他的金壶要什么有什么！"他老婆也火了，说："你愿意今日去求他，明日又去求他，你不怕丑，我还嫌丢人呢！"

哥哥红了脸，嚷嚷道："那你叫我怎么办？"

老婆说："真是蠢猪！你弟弟可以去山洞里取金壶，你为啥就不能去呢？"

哥哥觉得这话有理，不禁喜色满面，一骨碌爬起来，吃过早饭，就匆匆上山。

偷壶受侮

中午时分，哥哥爬到家对面的山顶上，听听看看，看看听听，发现果然和弟弟说的一模一样。

他坐在一块山石上，歇口气，吃完带来的干粮，觉得饱饱的，就揪着葛藤，下降到那个洞口，于是看见了弟弟曾看见的那一幕，不禁大喜，也学公鸡大叫："咯咯咯——"

果然，那些妖怪们躲起来了。

哥哥喜滋滋地爬进洞去，可刚摸到一把小金壶，就听见一阵怪笑。

妖怪们蜂拥而出，捉住哥哥就打。有个高个子妖怪边打边说："上次金壶不见了，原来是你偷的！还装公鸡吓我们！告诉你，我们不会再上当了！"

哥哥连喊："不是我，不是我偷的！"

另一个矮个子妖怪说："你还赖！不是你偷的，是谁偷的！你上次偷了，这次才会知道路径，又来偷！幸好我们的金壶不少，如果只有一把，岂不被你全偷去了啊?!"

哥哥还喊："不是我！不是我！"

妖怪头头说："兄弟们！他还不承认！我们把这个丑八怪的鼻子拉长吧，看他招不招?!"

妖怪们都拍手叫好。一个妖怪拉住哥哥的鼻子，手拿小金壶，闭上眼睛，说："小金壶顿一顿，他的鼻子长一寸。"说着，就在小金壶上一摸。

"嗖"的一声，哥哥的鼻子长了一寸。但他还喊："不是我！不是我！"

妖怪又让他的鼻子长了一寸。

直到鼻子有了一丈来长，哥哥才开窍，才招供："是我！是我！"

妖怪们才住手。

它们又坐下喝酒吃肉，猜拳行令。

遍体鳞伤的哥哥在地上昏死过去，躺一会儿醒来，看见自己白白的长鼻子拖在地上，感到很恶心，又昏过去。

一个时辰后，哥哥再次醒过来，心里终于开窍了，立刻慢慢爬出洞口。

妖怪们在他身后怪笑。

哥哥浑身疼痛，但他强行忍住，揪住葛藤，乘着月色，艰难地向上爬去。他的长鼻子在壁上擦动，划出一道道血口子。他拼命忍住刺心的疼痛，坚持爬上崖顶，坐下歇了好一会儿，又打了一个盹，才找到路，跌跌撞撞回家去。

治好鼻子

第二天黄昏时分，哥哥才爬回家。

他老婆见他变成了一个长鼻子妖怪模样，知道没好事，问他什么，他都不说。

她急哭了，哭着哭着，头脑就冷静下来，思考了半夜，终于猜出大致经过，又折腾了半夜，终于想出解决办法。

哥哥鼻子太长了，气息不通畅，只好用嘴巴呼吸。他心灰意冷，上床就睡。

第三天早上醒来，哥哥觉得长鼻子正被人牵动，就睁开眼。

他老婆边流泪，边牵着他的长鼻子在血口上面涂药，发现他醒了，就说："死鬼！你的鼻子这么长，又丑又碍事，趁早治好是正经！"

哥哥可怜巴巴地说："我这鼻子没法儿治了！"

"我问你，你的鼻子是不是那些妖怪给你扯长的？"

"你怎么知道？"

"除了它们，还有谁有这本事？它们怎样给你弄长的？"

"你问这干吗？"

"我们好想办法治啊！"

哥哥觉得有理，就将自己如何上崖、如何进洞、如何被捉住、如何鼻子被拉长、如何回家的情形，原原本本述说了一遍。

老婆说："我说呢，果然和我想的差不多！"

"哎呀，好老婆！那你肯定想好治疗的办法了？"

"还算你开窍。我想啊，既然小金壶有拉长你鼻子的用处，一定也能复原你的鼻子！"

“哎呀，我怎么就没有想到呢?”

“你这人啦，一味好吃懒做，懒得动一回脑筋，哪里能想到这些！告诉你吧：你去求你兄弟，让他用金壶治好你的鼻子。”

“你不是不让我去求他吗?”

“此一时，彼一时。都什么时候了，还顾得上摆这臭架子?!”

哥哥大喜，赶紧起床，吃过早饭，就上山。

哥哥来到弟弟家。弟弟和小龙女问明原委，就给哥哥治鼻子。弟弟说：“金壶嘴子点一点，哥哥的鼻子就复原。”说着，就提上小金壶，将壶嘴点了一点。

“嗖!”哥哥的鼻子一下就缩下去，恢复了原状，呼吸顿时自如了。

当天晚上，哥哥就和大白狗带着弟弟送的若干衣物和食品欢欢喜喜回到家。他对老婆说：“弟弟说了，虽然他有小金壶，百事不愁，但他和弟媳依然经常上山下河地劳动，一是可以锻炼身体，二是自己劳动得来的东西，享受起来才觉得格外有味道。他让我们把爹留下的大好家业重新理起来!”

老婆连连点头。

他俩下定决心，以后要辛勤劳动，靠自己的双手发家致富。

大白狗高兴地“汪汪”叫着，欢快地跑回弟弟家去了。

天池口

我和单位司机谢师傅驱车来到两条河的交汇处。一条是长江的支流清江，一条是清江的支流天池河。就是说，我和谢师傅来到了天池口。坐在岸边，背靠青山，面对河水。

谢师傅问我："你晓不晓得天池河原来不叫天池河?"

我："不晓得，那它原来叫什么?"

"天子河。"

"那为什么改名了?"

"因为我们坐的这个地方叫天子口，后来天子没出成气，就改名了。"

我明白，谢师傅的意思是说，我们坐的这地方本来要出天子的——皇帝，后来因故没出成，天子口就改为天池口，天子河自然就改名为天池河。但我还有疑问："这怎么讲?"

谢师傅反问："你晓不晓得向虚廷?"

"晓得。县志上说他是公元 1898 年清朝时我们县农民起义的领袖。"

"他就是那个没出成气的天子啊！"

我感到不可思议。于是，谢师傅告诉我这么一个故事：

公元1867年，在我们现在坐的这个地方，有一户姓向的人家，茅草屋，单家独户，背靠莽莽青山，门口流过天子河水，屋左流过清江河水，屋右有一片四季常青的竹林子。

这天，一个病乞丐路过天子口，饿坏了，昏死在向家门前。向家人都很善良，赶紧把他弄进屋里，喂水喂饭，将他救活。

以后几天，向家人又肉酒肉饭地款待病乞丐，还请医生为他治病，直到他的身体完全康复。

乞丐康复的这天午后，对向家人说："你们是好人家，我要对你们说实话。我不是讨米佬，我是看风水的。你们这里可是一块天下难寻的风水宝地啊！你们家后的这片山可不是一般的山，而是一条母龙，天子口就是她的产口。就是说，你们家命中注定要出真龙天子啊！"

天子可是一统天下的皇上啊！向家人听呆了，呆过之后就很欢喜。可风水先生又说："不过，你们这个房子的朝向不对，不应该面向天子河，而应该面向清江河。"

向家人灰心丧气了。可风水先生又说："但是，还是有方法补救的！"

向家人觉得又有了希望，赶紧请教。风水先生掐指算一会儿，说："从现在起，你们家不能开大门，要从侧门进出；整整三年后，才能打开大门！"

向家人觉得这事不难，不禁大喜，赶紧请教这样做的理由。风水先生说："天机不可泄露，否则就不灵了！"

风水先生又叮嘱，在三年内千万不能开大门，且不要将他今天的话告诉任何外人，否则会大事不妙。说完，他飘然而去。

风水先生刚走，向家喂养的一条大黑狗就喜悦地大叫三声，用嘴牵着主人来到大门内，让主人把门关严，然后爬上屋脊，卧在那儿，不吃不喝，也不下地，但一直没有饿死的迹象，且随时警惕地注视着一切过往的行人。

从此，向家人真的不去开大门，一直从侧门进出。

看看三年将满，向家人都很高兴。但这年他们遇到了一个难题。就在三年期限的最后一天，是千年难遇的良辰吉日，干什么事都上上大吉。向家就一个儿子，决定在这天娶媳妇。到那时，宾朋满座，不开大门就太说不过去了。一家人整整研究了三天，觉得这一天正是三年期限的满期，应该可以开大门了。

在向家娶亲这天早上，向家“吱吱呀呀”地打开了尘封三年的大门。

大门刚开，房上的黑狗就凄凉地大叫三声，滚到地上，竟然活活气死了，一会儿就化作一股青气，四散开去。

同时，竹园里噼噼啪啪炸响。向家人以及在向家帮忙办喜事的乡亲大吃一惊，赶紧去查看。竹子们都自动爆裂了；每一根竹子的空心处都长出了绿色的竹人竹马；竹人已跨上竹马，只是还没有坐稳……

听到这里，我感到不理解，就打断谢师傅的话：“您说黑狗气死了，我可以理解，可竹人竹马是怎么回事呢?”

谢：“这就是我后面要告诉你的啊——”

向家的儿子这天如期娶亲，那片竹园在黄昏时恢复原状。

足足十个月后，向家媳妇生下了向虚廷。

向虚廷天资聪明，从小虚心好学，很多事情都是无师自通。他长到18岁时，那个仙风道骨的风水先生又来了，见到向虚廷就拜倒在地，口称“主公”。然后，两人就开始招兵买马，组织军队。到向虚廷30岁时，两人终于练成一支刀枪不入的向家军。但士兵要刀枪不入，必须有个前提，那就是要吃瓷碗碴子，且每吃一顿后，只能保证在两个时辰以内刀枪不入，两个时辰以后要刀枪不入又得吃瓷碗碴子。当然，即便如此，这支军队也是很厉害的了。两人称之为“神兵天将”。

这时，中国朝廷腐败透顶，放任洋人在中国横行霸道。在我们五峰县，洋人处处建立教堂，欺压和愚弄老百姓。一时，民怨沸腾。向虚廷决定举事，打“顺清灭洋”的旗号。但这时已是向家军军师的风水先生劝告说：“主公，时机未到啊!”

向虚廷说：“老子都有刀枪不入的军队了，还等什么?!”

军师因不能泄露天机，故不能说出时机未到的所以然，不能说服向虚廷，只得和向虚廷一道，举旗造反，攻城略地，剿灭教会，仅两三个月，就让附近十多县的洋人闻风丧胆。

洋人设在武汉的领事馆赶紧向清朝请求保护，引起清廷的高度重视。当今皇上遂派驻扎在夷陵（今宜昌市区）的一支劲旅进行镇压，用车轮战术日夜不停地攻击向家军，拼掉无数兵士的性命，将向家军逼上我县土家族山寨的一个荒顶，团团围困住，不让“神兵天将”有吃瓷碗碴子的机会，然后拼死攻上去，将不再刀枪不入的“神兵天将”赶尽杀绝。

向虚廷和军师逃回天子口。

向虚廷后悔不听军师的话，连连用拳击向自己的头。军师却很镇定，细细思索后，问起向家大爷和向家大妈——向虚廷的父母，才知开大门一事，这才心灰意冷，长叹一声，说：“这是天意啊！现在事情已经过去了，天机就可以泄露了，我也可以说出我们失败的原因了。你们二老成亲那天晚上，正是进洞房怀上主公的时辰，您们怀上主公之前是不能开大门的，开了大门，本来以侧门做大门的房屋的朝向和方道就变了，也就坏了风水了，本来可以做天子的主公也就做不成天子了！难怪我们的‘神兵天将’还要吃瓷碗碴子才能刀枪不入，我先还以为是没有训练到家哩，所以说时机未到，原因也在这里。那竹园的爆裂就是告诉你们这一点。如果竹人在竹马上坐稳了，我们训练出来的军队就不必吃什么，任何时候都能刀枪不入了。如果是那样，主公，您就真的可以坐天下了！可惜，物极必反，现在我们将连性命都保不住了！这是天诛我们啊!”

军师说着，变成一条巨蟒，同时用人声说：“主公，这是我的原形!”

正在这时，清军追来，将巨蟒和向虚廷一家人杀得干干净净。

从此，没出成天子的天子口改名为天池口，天子河自然改名为天池河。

听完这个故事，我说：“这不是真的，这是迷信!”

谢：“这可是老辈子一代一代传下来的啊，还有假吗?”

“您听说过陈胜吴广起义的事吗?他俩不是在鱼肚子里藏了写有‘陈胜王’三个字的黄绢，才有人跟着起义的吗?”

谢师傅沉默了。我也沉默了，静静看着天池河水流入清江。清江又向长江流去，流着流着，就拐了不少弯，变了不少样……

涂爪子岩

这天，我们单位的老司机谢师傅对我说："我们去个地方，让人告诉你一个我们县的真人真事。"

我："真人真事多了去了!"

谢："不是一般的真人真事。"

我："真的?"

谢："我们去了，你就知道了。"

我："好。"

于是，我们驱车来到武陵山区天池河中游岸边的涂家湾。这是一个偏僻的小山湾，仅有二三十户人家，都姓涂。我俩走进当地最老的一个寿星——涂老家里。涂老已年过百岁，仍童颜鹤发，精神饱满，思维清晰，声音洪亮。谢师傅对老人家说："您给我带来的这个小伙子讲讲涂爪子的事吧!"

涂："好。"

我好奇了："涂爪子是谁?为什么取名叫爪子?"

涂："涂爪子是我们湾里人，和我年纪差不多。我们两个穿开裆裤时就在一起，小来我俩玩得最好。他比我命苦。他从小爹妈就过世了，吃我们湾里的百家饭长大，长大后不会种田，也不好意思再吃百家饭，就去外村偷盗，一次被人捉住，右手被打残，人们就叫他‘涂爪子’了，渐渐就忘了他的真名。”

我：“这没什么奇怪呀？”

涂：“这是没什么，奇就奇在他的手落下残疾后并不收手，还到外面去学了一身武功和药功回来，常给湾里的乡亲治病，说是报答养育之恩。从这以后，他就孤身一人住到了一面岩上。你可别小看这面岩。这面岩方圆二十里没有人家，岩上下陡直，中间有一面凹进去的大平台，上不着天，下不着地，一般人上不去，涂爪子却上得去，还住在那上面。那面岩本来没有名字，是他住上去了，人们才叫涂爪子岩的。”

我问涂老：“那么陡的岩，您上去过吗？”

涂老答：“我碰巧上去过一次。日今我活这么大的年纪，就是托的那一次上去的福！”

我听不懂了。谢师傅笑笑，说：“涂老，您就给他讲讲您的那次亲身经历吧？”

涂：“好。”

那一年，我才三十多岁。一天早上，我上楼捡洋芋，不小心从楼梯上摔了下来，右腿摔成了骨折。我爹赶紧背上我，赶了一二十里山路，来到天池河源头边的涂爪子岩下，仰头喊了几声。涂爪子立刻现身在平台边上，问清情况，就让我爹回去，说是我有他照顾，让爹放心。

看不见我爹的影子了，涂爪子就捡起一个什么东西，带着风声，向我的眼砸来，嘴里喊：兄弟，当心！

我赶紧闭眼，可并没有感觉到东西砸我。等我睁开眼，涂爪子已无声无息地站在我面前。寒暄过几句，他就托住我，又让我闭上眼。我刚闭上眼，就觉得被他搂着，腾云驾雾似的飞上半空，只一口气的工夫，就落在地上，又听他说："兄弟，睁眼吧！"

我睁开眼。我的妈啊，我们站得好高啊，望望岩底下就发晕。

平台比较大，涂爪子在上面搭了一间茅草屋。他把我捉小鸡伢似的弄到屋里的干草上躺下，就给我的伤处敷上一层草药。我的腿立刻就不疼了。他又用左手在我腿上捏捏按按好一会儿。

后来，涂爪子架火炒了几样素菜，就着一瓶我叫不出名儿的上等好酒，和我面对面喝，讲些小时的事。我们吃吃讲讲，直到黄昏时分，这顿饭才吃完。他说："兄弟，从小你对我最好。你的腿伤了，要好好补补才行，可惜的是我这里没有什么好东西招待你。这样吧，你一个人在这屋里待一晚，我夜里要出去办点事。"

涂爪子说完就出去了。

我的伤腿不动时不疼，一动就疼得直冒汗，只好坐在原地，天黑一会儿后就睡着了。

第二天天亮明的时候我醒了，睁开眼就看见涂爪子笑微微地看着我。他面前一桌热气腾腾的酒菜。一头猪的十几块肉整整齐齐晾在岩石上。

在我感到奇怪时，涂爪子弄来一盆热水。我已能站起来洗脸，只是伤腿内还有些许隐隐的疼痛。我洗过脸，又和他喝酒吃肉。吃吃讲讲，他告诉我，昨夜他出去偷了一头猪杀了，给我补身子。他还说，他给穷人治跌打损伤，从来不收钱。他一直以偷盗为生，不过"兔子不吃窝边草"，他偷盗的去处都在涂家湾百里之外；也从不偷穷人家，要偷就偷外地富人家的昧心财物。我说："难怪，我们湾里的穷人家正愁没钱买盐的时候，就发现家里的桌上有钱了呢，原来是你干的好事！”

涂爪子笑笑，没承认，也没否认。

吃过早饭，涂爪子又给我上一遍药，用手捏捏拿拿好一会儿。下午，我们又喝酒吃肉，说不完知心话。他告诉我，上过这岩里平台的，除了他，就是我了。

这天晚上他没出去，和我在干草堆上抵着脚一起睡。

第二天天刚亮，我们刚洗过脸，就听见岩下面一阵嚷嚷声，赶紧出去看。这时我的腿已完全好了，走路再也不觉得疼痛。

在岩下林子里，站了一队穿警服的人。一个当官模样的人用湖南口音仰头喊话：“涂爪子！我们是湖南澧县警察局的！我是局长！你从湖北跑到我们湖南，犯了不少事！前天晚上，你还去谢家塔偷了谢家祠堂祭祀祖先的一头肥猪！现在，我们追来了，你快下来认罪！否则，我们就用枪打死你！”

涂爪子低头回喊，声若洪钟：“如果我不下来呢？”

局长仰头喊：“那我们就射火上来，烧死你！”

涂爪子回喊：“那你们听着，我这里有一个刚被我治好的病人！我和他一路下来，你们别开枪！下来了，我就跟你们走！”

局长仰头喊：“好！”

涂爪子又叫我闭上眼。我觉出，他抱着我轻轻飘飘落到林中。我睁开眼，就看见他走上前，让那些人给绑上了。一时，我心上像刀绞，眼睁睁看着他被押着走出林子……

说到这里，满脸沉重的涂老不说了。我可急了：“后来呢？他有消息吗？”

涂老满怀希望地说："听说，他在被押往湖南的路上用气功绷断身上的绳子，像鸟一样飞了。从此无踪影……"

等一会儿，涂老又说："现在我活了这么一大把年纪，身子骨还这样好，一定是那次他给我敷了药的缘故。那一定是非常好的神药，肯定长在悬崖峭壁上，只有他那样的好功夫才采得到……"

顿一顿，涂老叹一口气，说："好兄弟呀，如果你还在人世，那你现在在哪儿呢？"

枪击命运

这里说的是刚解放那阵剿匪的事儿。

当时，在鄂西长乐土家山寨的长茂司，有两个当地最负盛名的胆小鬼，一个姓张，一个姓王，均已三十多岁，只因太胆小，仍在打光棍；也因太胆小，人们一直叫他俩“张胆小”“王胆小”，时间久了，都不记得他俩的真名了；他俩也早已习惯别人这样叫。这天天晴，他俩早上刚起床，就被几个土匪赶羊一样，赶到原土司皇帝家门口。

原来，当时的长茂司是有名的“土匪窝”，方圆五十里的小小地盘，竟有四五股土匪，今天你打我，明天我打你，目的无非是吞并对方的人马和枪支，以壮大自己的队伍。直到前不久，听说解放军要来剿灭他们，他们才决定联合起来，一致对外。要联合，就得推举唯一的大首领。怎样推举？大比武，优中选优，选最狠的一个。比武没人看就没意思，再说以高深的武功吓吓老百姓，以取得威慑作用也不错。于是，当地的土家人几乎全被土匪赶来看热闹。

最有希望当选土匪大首领的是鄢候安。

鄢候安是本地人，曾出外学习，回来后就怀了满腹谋略，公开身份是一个学堂的教书先生，暗里却是一股土匪武装的军师，为这股土匪武装欣欣向荣立下了汗马功劳。另一股土匪武装的头目访得这个军情，就希望将鄢候安捉来劝降，为己所用，如不降则杀之，以除掉一个强有力的对手。某日，密探报说鄢候安未上课，正一人在家。头目遂带领手下一二十人直扑鄢家。

鄢候安闻讯时，敌人已到家门口。他出门将"弟兄们"迎进屋，因大都相识，遂一边和他们拉家常，一边架柴火烧开水。等水开时，鄢候安让兄弟们先坐一会儿，说是进内房拿茶叶来泡茶。

鄢候安去后半天未回，土匪们急了，去查看时，发现侧门洞开。鄢候安已无踪影。他们只好悻悻而归。

从此，鄢候安离开学堂，堂而皇之地做起土匪军师来。后来，这股土匪的头子得病而死，鄢候安就当上了这股土匪的头子。

由此可见，鄢候安确实很有心机。那么，他的武功如何呢？

这时，在原土司皇帝天井屋前的大操场上，上千观众正在围观鄢候安炫耀武功。

鄢候安走到高高的房檐下，向上一纵，猿臂轻舒，就取下一块瓦片，轻轻飘飘落下地；又一纵，又飞上房檐，猿臂疾伸，将瓦片原样安上房顶，复轻轻巧巧落下地；势如行云流水，面不改色心不跳，博得土匪们响天般的喝彩声。

接着，鄢候安表演枪法。

一个小土匪走进天井里，手拿一枚鸡蛋，奋力向外甩过屋顶。

站在道场中的鄢候安面对观众，猛然身子一动，已有双枪在手，迅疾举起，并不看天空，就扣动扳机。只听"砰砰"两声枪响，仰观的观众发现空中有两个闪亮的圆物在阳光中炸开。

接着，就有黄色黏液和细碎的蛋壳落到张胆小、王胆小等人的脸上、身上……

顿时，张胆小、王胆小胆战心惊，禁不住尿了裤子……

比武结束后，鄢候安成为土匪大首领。

不久，解放军挥军南下，某部某连奉命来到长茂司剿匪，训练当地青壮年男子为民兵，发给每人一顶军帽戴上，作为民兵身份醒目的标志。其中，就有张胆小和王胆小。

土匪都是乌合之众，哪是身经百战的解放军的对手，与对手交过几次火，就只剩下匪首鄢候安和一二十人，被围到一个天然山洞内负隅顽抗。

洞对面不远处有一面崖。崖上有一棵很招摇的树。解放军连长带几个战士和张胆小、王胆小伏在树下。连长决定派人上树，向土匪们喊话劝降；但不能派解放军战士，因为在历次战斗中，土匪为了笼络人心，几乎不向民兵开枪，而专门朝解放军的人打，已打死3名解放军战士。于是，连长让张胆小上树喊话：“鄢候安，投降吧，你们已被大军包围了！”

鄢候安回喊：“张胆小，老子念你是乡里乡亲，不打你，快滚！老子的枪眼可不认人！”

张胆小立时觉得自己的脑袋如一颗脆弱的鸡蛋，不禁吓尿了裤子，正要下树，就听见连长用外地口音说：“别怕，他打不中你的要害部位！”

张胆小半信半疑，只得死死贴在树上，身体颤抖，口里带着哭腔喊：“鄢……鄢候安！投降吧……”

鄢候安火了，回喊：“张胆小，念你是乡亲，老子还是不打你！快下树捡帽子去吧！”

对面洞口“砰”的一声枪响。张胆小觉出自己头上的军帽被一股猛烈的山风掀得飞起。他立时觉得自己的天顶盖如同一块脆弱的瓦片，再也顾不得什么，赶紧溜下树，但一落地就被两个解放军战士按住，又被绑上。

连长对张胆小惋惜地说：“你躲在树干后，他不可能打死你；我叫你别怕，你不信；这下完了，你当了可耻的逃兵，将受到军法处置！”

连长又让王胆小上树喊话："鄢候安……安，投……投降吧……"

鄢候安回喊："王胆小，你这个狗日的！念你是乡亲，老子也不打你！快滚！"

王胆小立刻吓得屁滚尿流，但看看树下目光中充满鼓励的连长，想想刚才连长对张胆小说的话，觉得很有道理，就镇静下来，又喊："鄢候安，投降吧！不投降，只有死路一条！"

鄢候安恼羞成怒，回喊："王胆小，你这个狗日的！让你做一辈子跛子吧！"

"砰！"洞口那边一声枪响。王胆小立时感到左腿一麻，就掉下树去，腿上鲜血直冒……

十天半月后，顽匪们在山洞内活活饿死。当地军民欢庆胜利。王胆小成为光荣负伤的英雄，胸前戴上大红花，不久就跛着腿和当地的一个土家女子拜堂成亲，并终身享用人民政府奖给的生活津贴。张胆小则被临时军事法庭判处10年徒刑，囚进沙洋农场服苦役。

后来，王胆小时常做同一个噩梦，梦见仍在剿匪，他先于张胆小被解放军连长派上树喊话，又被鄢候安吓下树来，最后被判了刑，失去自由，囚在监狱里苦挨日子；而在他之后上树的王胆小则成为英雄……

强逼的科技

这天上午，县科协技术员张保请了一个民工，背着一袋猪饲料，汗水淋淋，气喘吁吁地爬上海拔1000余米的楠木村，刚到村口的一组，就被一个青年农民拦住。青年农民恶狠狠地问：“你们来干什么?”

张保如实回答：“我们去五组给方雄家送猪饲料。”

青年农民鼻子里“哼”一声，说：“说的比唱的还好听！恐怕是去骗钱吧?!”

张保常常“送科技下乡”，他深知，近几年，一些猪饲料贩子抓住贫穷农民想发家致富的迫切心理，在偏僻山村乱窜，将劣质饲料的效用吹得天花乱坠，骗得钱财后就拍屁股走人，可把农民坑苦了，以致当地人对每个背饲料上山的陌生人都很反感。他明白现在不说清楚是走不成的，干脆一屁股坐在路边，问青年农民：“兄弟贵姓?”

“大丈夫‘坐不更名，行不改姓’。本人免贵姓凌，名望。”

“凌兄弟认得五组的迟云吧?”

“听说过。是个残废。怎样?”

“去年初我来楠木村，想帮乡亲们科学养猪，无奈人们大都不信任我，好在迟云愿意合作。他腿有残疾，脑筋却很活泛，在我的指导下，用饲料喂猪20头，年底还清了8000元债务。今年他又投入3000元，新修猪圈3间，养猪50头，预备年底达到100头，成为养猪大户。”

“当真?”

“不信，你可以去问方雄。”

“就是那个外头来的泥瓦匠吗?”

“就是他。他一家五口挤住在30平方米的低矮茅屋里。去年冬天他起早贪黑，从两里外的河里背回沙石，预备用多年积攒的钱盖新房，可今年初他在迟家做活盖猪圈的时候，发现迟家的猪长得快，就动了心思，回家后立刻把准备建房的钱物用来盖了猪圈，还请我指导，打算先一心一意养猪，等挣了大钱后再盖更气派的新房。今日，我就是给他家送一种最近研制成功的饲料去的。”

凌望家里很穷，特别希望发家致富，曾多次被饲料贩子愚弄，已不轻易相信别人。这时，他低头想想，抬头问：“你这包饲料多少钱?”

“成本价20。”

“我买了!”

“不行啊，这是方家说好的。”

“我出30元!”

“不行。”

“五十!”

“不行!”

“你卖也得卖，不卖也得卖！这包饲料我买定了！搞好了帮你们宣传；搞不好你马上走人!”

张保实在不想将饲料让给凌望，他怕没有他的指导搞不好会有负面影响。但话说到了这份儿上，他只得以成本价20元让给凌望，然后就心急火燎地等消息，半个月后终于等来了凌望。

原来，凌望是高中毕业生，能按饲料中的说明书一丝不苟地喂猪。他还多长了一个心眼儿，将家里的四头猪分成甲乙两组；甲组两头仍按传统方法喂养，乙组两头则添加饲料。半个月后，他发现乙组每头猪比甲组每头净增约1.7斤。这下他服了，赶紧来方家向张保报喜。

不久，楠木村兴起了科学养猪热，家家都请张保搞技术辅导。这下，张保成了大忙人，但他忙得很开心。

恩兄

在一个国家级贫困县，有一个偏僻的小山村，为特困村。

村里有兄弟俩，哥哥比弟弟大三岁。他俩小时，哥哥常常上树采果子，下树后就把最好的分给弟弟，看弟弟有滋有味地吃，就微微笑，一脸很甜蜜的神色。

他俩少年时，不幸父母相继病逝。哥哥打算退学，就对弟弟说了一句扎根成树的话："弟，只要你努力学习，将来考上大学，就是对我最好的报答!"

从此，哥哥将自己的一生慨然交给贫瘠的土地，交给烈日和风雨，交给辛勤和汗水，宁愿自己累脱一层皮，也要为弟弟添置一件新衣。

五年后，弟弟成为本村第一个大学生。哥哥松一口气，本有些枯槁的脸上露出滋润的笑容。他又拼死累活，节衣缩食，好不容易供弟弟上完四年大学，才娶妻生子。

又是十八年过去，弟弟做了本县父母官。这年夏天，哥的独子高考落榜。弟弟想在某机关给侄子谋一份公职。哥哥说："如今国家机关多得像菜籽，里面吃闲饭的人不少，老百姓天天骂你们腐败。弟，为你侄儿吃上公家的闲饭，让你背骂名，我不干!”

弟弟无言，眼睛开始潮湿。顷刻，他跪到哥哥面前，叫了一声：“哥啊!”

弟弟痛哭失声，双泪长流……

不久，人们发现，到处可看到弟弟奔忙的身影，五年后，当地摘除了贫困帽。就在人们欢欣鼓舞奔小康之际，天公忽降大雨。弟弟急急奔往洪区，指挥人们抢险救灾，不幸脚下忽然坍塌，被一巨浪卷走，无影无踪。哥哥闻讯，痛哭流涕，捶胸顿足说：“弟，是我害了你啊……”

洪灾过后，当地政府为弟弟召开追悼会时，很多百姓自动来为弟弟送行，有的号啕大哭，有的默默流泪。散会后，他们相约来到弟弟的家乡小山村，凑钱为弟弟建起一座衣冠冢，并立起一块石碑，上有“青天”二字。哥哥细细咀嚼碑文；晚上，他梦见弟弟对他说：“哥，你不要悲伤了。百姓叫我‘青天’。如果我真是百姓的‘青天’的话，我这个‘青天’之上就还有一重‘青天’，那就是你——我的哥哥。你不仅是我的恩兄，也是百姓的‘恩兄’啊!”

哥哥醒来，喃喃地说：“弟，看来我没有害你……”

笔　缘

那时还没有手机，更没有电子邮箱。

女人和男孩先后来到同一座城市，住进同一间套房。套房为两室一厅，女人一室，男孩一室，客厅共用。女人发现男孩二十多岁，很英俊。男孩发现女人三十多岁，很漂亮。他们都有工作，都是早出晚归，偶尔碰见，都以点头或微笑打招呼，从不说话。他们常常觉得：虽然两人只隔一堵墙，但各自的心却远在天涯。

在工作之余，男孩常常写些“豆腐块”在报刊上发表。一些报刊常在文末署上他的通信处，就有很多文学爱好者给他写信。其中有一位女子，字迹就像跳跃的音符，心灵世界丰富多彩，和他最谈得来，谈文学，谈艺术，谈人生，一来二去，飞鸿传意，二人很快成为笔友。有一天，她给他打来电话，并告诉他她的电话号码，声音清脆，悦耳动听。但他感到失望，因为他听出她比他大。这天晚上，他回到居室，惊奇地听到女人房间里有歌声：

忧伤着你的忧伤

幸福着你的幸福

更令他惊奇的是：这声音似乎很熟悉。翌日他刚上班，就给她打去电话，谈了几句，就让她唱《牵手》这支歌。电话那头传来优美的歌声：

忧伤着你的忧伤
幸福着你的幸福

天啊，这正是女人的歌声！顿时，男孩心里很乱，觉出自己的一个完美想法像镜子一样破损了。正恍惚间，就听见电话那头说："真想见见你，可以吗?"

他说："我这些日子太忙，等闲下来再说吧，再见!"

电话"啪"的一声挂上，把她开启的心扉也"啪"的一声合上了。后来，他想：说话声音相同的两个人绝无仅有，但相似的歌声却是有的。但他更害怕自己那个已破损的想法彻底破碎，因此后来女子来电来信他都不回。

这天晚上，他回到居室，躺在床上，正将一篇小小说在脑中构思完毕，就听见客厅的门开了，接着有重物倒下的声音。他赶紧出去，发现女人倒在门边。他去扶起她，闻见一股浓烈的酒气。他将她扶进她的居室。室内洁净雅致，堆满了精装的书籍，气氛温馨宜人。他刚将她扶到床上，就看见枕边有一堆信件，上面是他非常熟悉的字迹。仔细一看，正是他的信！他定定地看着她的脸。她比原来苍老多了，酒气带来的红光没能遮住那些沟沟坎坎的皱纹。他想：也许她的真实年龄在四十岁以上。顿时，他觉得自己那个完美想法正在片片碎裂……

他回到居室，赶紧伏在一本稿纸上，将刚才打好的腹稿从笔尖倾泻出来，变成一个个扭曲飞舞的黑字。他明白，每当他很难受时，只要完成一件作品，就会慢慢好起来。他一鼓作气，将腹稿变成纸上的草稿，又修改两三遍，终于满意了，看看表，已是深夜。突然，隔壁传来一阵抽泣，是那种想抑制却又抑制不住的哭泣。在他的感觉中，女人的眼泪冰冷冰冷，直刺心骨。他立刻有了一个新的想法。第二日他刚上班，就给她打去电话，说："你好吗？我出了趟差，刚回来……"

电话那头声音哽咽，说："我还以为你不理我了呢……"

他觉出她流泪了。泪水滚烫，直烫他的心。

一个多月后，他发觉她容光焕发，皱纹尽消，步履轻盈，飘飘欲仙。他想：真奇怪，她像一下年轻了二十岁似的。他又觉得，现在的她很像他原来那个完美想法。这天下午，他一下班，就回到套房，坐在客厅里，静静地等。她刚进门，他就对她微笑，并致问候："你好！"

她一下就听出了他的声音，惊喜地问："是你？"

他依然微笑，答："是我！"

她愣一下，然后扑进他的怀里。

不久，他和她买下那间套房。他以往的那间成为他俩的卧室，她的那间则成为书房。

体 罚

一

小学五年级男生 A 在课堂上玩蜡烛，一时入了迷，不幸被教师甲当场逮住。甲曰："既然你如此喜欢玩蜡烛，就让你一次玩够！"

甲令 A 站到讲台旁，又命 A 在左手心上托起一支燃烧的蜡烛。滚烫的烛油落到 A 鲜嫩的皮肤上，将疼痛烙进 A 的心里。A 双泪长流，但在甲冷酷目光的笼罩下，不敢喊叫。

直到蜡烛燃尽，甲才让 A 回到座位上，同时斥道："这次你玩好了吧？看你长不长点记性！"

满手燎疱的 A 没说话，但他在心中说："是的，我会记恨你一辈子！"

二

小学五年级女生 B 总将“建”写成“建”。任课教师乙多次提醒她注意，可她仍不知改正。这日上课时，乙让 B 站到讲台旁，又令 B 右肩上托起一个粉笔盒。B 不知乙是何用意，同学们也大惑不解。

数分钟后，乙看火候已到，遂对 B 曰：“你看，你这么光彩照人，却莫名其妙地在肩上放一个盒子，显得不伦不类，多别扭啊！这就像你总将‘建’字多写出那一点啊！”

同学们立刻明白了老师的用意。B 在乙智慧的目光中走回座位，虽感到十分羞惭，但也明白了老师的良苦用心。

从此，B 再未将“建”字多写一点。后来，她考上了一所名牌大学。她知道，她一生都会感激乙的教诲。

信心

峰出生在一座高山腰上，爹妈都是老实巴交的农民。刚刚启蒙读书的他，便想以后要读大学。可是，在他刚刚小学毕业，并考上街上的重点初级中学时，爹就对他说："峰伢子，回家种地吧！"

峰惊问："为啥？"

爹答："读书读多了，如果考不上大学、中专，不是还得回来种田？这不是白花一堆钱吗？读点书，认得几个字，能算账，不把钱算错就行了！"

妈从来听爹的，在旁直点头。

可峰说："不！"

爹说："伢，这是命啊！你看，村里有谁考取过？"

峰说："别人考不取不等于我也考不取！"

爹无法，只好让峰上初中。峰的成绩依然拔尖。可是，初三时，他们班遭遇一系列意想不到的变故，以致中考的均分为全县一百多个毕业班中的倒数第一。峰是班上总分第一名，却只能屈辱地流落到全县最差劲的高中——农业高中。农中师资力量薄弱，学生普遍不用功，年年高考“剃光头”——没有谁考上过大学，哪怕中专也没人考上过。峰收到农中的录取通知时正是黄昏，他晚饭也不吃，就进内房扑在床上号啕大哭。翌日早上，他起来时，脸上还有泪痕，但神色悲壮而坚定。爹趁机对他说：“伢，回家种地吧！”

峰问：“为啥？”

爹反问：“农中年年考学‘剃光头’，考大学有什么指望？”

峰答：“别人考不取，不等于我也考不取！”

爹说：“伢，你就别犟了！这是命啊！”

峰说：“别人认命我不认命！”

爹火了，说：“你偏要去，我偏不给你学费，看你喝西北风吃狗屎读书去！”

妈从来听爹的，在旁直点头。

可峰说：“养儿不读书，只当喂头猪。你们生下我，就应该让我把书读饱！如果我不使力，或者留级了，你们才有权不让我把书读好！”

爹无法，只得让峰上高中。峰走进农中，发现这里比他想象的还要糟：一是教师对自己的学生考学没做指望，得过且过，以教书为由混口饭吃而已；二是同学们多为学校的关系户，来混张高中毕业文凭而已，平时吃了饭不想学习，闲极无聊，就在吃穿娱乐上下工夫，他们对一直努力学习且不与他们同流合污的峰，总是千方百计使出挖苦、讽刺、人身攻击之能事。峰好不容易挨到高中毕业且通过预考后，班上只剩下他及另外三位高考选手了，才松一口气，满以为可以心无牵挂地复习了，哪知在紧张万分的备考期间，他又受到新一轮狂轰滥炸般的打击。那三位的年纪都比他大，偏偏成绩都比峰差；据老师说，峰的成绩比以往农中的任何学生都要好出许多。于是，那三位嫉妒了，开始打击峰，比如说些黑话，或在黑板上写点白话，以激怒峰；比如，在峰睡午觉时，故意捶打木质床板，弄出刺耳的响声，让峰睡不安稳；比如，在深夜练习猪哼狗叫，故意将已熟睡的峰吵醒，扰乱峰十分宝贵的睡眠。峰无可奈何，却又不想去老师那儿告发他们，好不容易挨到 1987 年 7 月初的高考。

峰的高考成绩很不理想，比正常水平低了二三十分。但在长达两个月的焦心等待之后，他还是盼来了录取通知——他以超过分数线仅 9 分的微弱优势考取了一所不怎么样的大学，成为农中出身的第一个大学生，也是他的故乡有史以来飞出山外的第一个大学生。

已成为大学生的峰想，即使以后遇到天大的艰难险阻，也难不倒他了。

琼子的裙子

市二中初一（3）班女生琼子身材苗条，面容姣好，如花似玉，在这个夏天却穿一条黑不溜秋的长裙，使13岁的她显得暮气沉沉，眼中充满灰灰的忧愁。她尽量不与同学们说话，从来不笑。与她同班的女同学都穿红的、白的、黄的、绿的或花的色彩亮丽的裙子，其中心直口快的小美问她：你长得这么好，为什么穿这么一条差劲的裙子呢？

琼子以沉默作答，眼中却立刻充满灰灰的雾气，一瞬又有液体溢出。同学们觉出这晶亮的液体冰凉冰凉。

不久，细心的同学又发现琼子只有一条裙子，就是那条黑长裙，因为他们从未见她穿过第二条裙子。他们为此感到好奇，经长时间的多方查访，终于弄明白：琼子的爸妈在同一个工厂当工人，工厂的效益不好也不坏，原本二人的工资刚够一家三口过虽不富裕却衣食不愁的生活，坏就坏在琼子的爸是个不折不扣的酒鬼，他一人的工资全都被他那张嘴喝光了，以致全家的吃穿用度全靠琼子她妈一人的工资。因此琼子只有一条裙子，一旦哪天弄脏了，晚上就及时洗净，夜里晾干，翌日早晨又穿上；裙子选做黑色的，也是因为黑色的禁得住脏，不用常常浆洗。

得到这么一个结果，同学们心里都很难过。

可不久，同学们就觉出眼睛一亮。原来，这天琼子竟换了一条洁白的新长裙，衬托得她的身材更加苗条，面容更加姣好，整个人更是如花似玉，使得 13 岁的她充满了这个年龄应有的朝气。她眼中一扫昔日的忧愁，竟主动与同学们笑语嫣然。她笑起来，就更美了。同学们都为她而高兴。心直口快的小美又问她："你爸戒酒了?"

突然，笑容僵在琼子脸上。她眼中又升起灰灰的雾气，一会儿就有冰冷晶亮的液体溢出。

同学们觉得奇怪，就又去查访，这次没费多长时间和多少精力就搞清楚了：前不久，琼子爸因常常酒醉误事而被工厂勒令下岗了；他从工厂出来，就去酒馆里大饮特饮，因心中不快，比以往哪一次都喝得多，一会儿就醉倒在地，从此再也没有醒来。此后，琼子妈一人的工资除去母女俩的生活费外，还可以给琼子买换洗的裙子了。

得到这么一个结果，同学们心里更不是滋味。

分房

临近中午，县文化馆孙副馆长低头走在街上。他心中涌起阵阵莫名的慌乱，感觉总像丢了什么似的。单位宿舍楼刚刚竣工，下午分房。虽然这幢六层的十二套住房都是三室一厅，但大家都知道，所谓差房就是楼层的间距，即一楼和六楼，天时地利尽在三楼、四楼；四楼又比三楼好，因为建到第四层时，分管基建的孙副馆长显示出比以往更关心的劲头，常常到工地指手画脚；后来，据建筑工人说，四楼的两套住房用的是最好的材料，装修也最过硬。而根据房改政策，买断这些房子的价格将没有差别。按常理说，四楼两套住房非单位一把手钱馆长和他孙副馆长莫属。可，万一单位把这两套最佳住房分给两位元老呢？他心里十分不踏实，决定先到县文化局活动活动——到时肯定有皮扯，文化馆会按惯例请文化局领导出面主持“公道”。

文化局办公楼门口，赵局长正走出来。孙副馆长紧走几步，熟练地给赵局长递上一支“红塔山”：“局座，回去吃中饭?”

“嗯，钱馆长刚才来局里办事，顺便请我这个家属在外的‘单身汉’去他家吃一顿便饭，我是有请必去的。哈哈!”

“啊……哦！我正准备请局座去‘老地方’吃一顿‘便饭’的，看来您不能赏光啰！”

“嗬，酒瘾又发了？等你搬到新居后，我来喝你的喜酒吧！”

“好，一言为定。到时您一定要给我面子啊！”孙副馆长大声说。看着赵局长远去的背影，孙副馆长心里踏实了：人人都说钱馆长正直，原来是谣言；到了关键“时刻”，也是请领导吃“便饭”的；下午，赵局长来主持分房会议时，定会嘴喷酒香，把四楼“判”给中午的“便饭”东道主和未来的酒宴东道主——钱馆长和他孙副馆长。

下午两点，在文化馆会议室，全馆干部职工准时到齐。这是前所未有的，以往人们开会总是拖拖拉拉。钱馆长清清嗓音，宣布开会。

赵局长为什么没有来？孙副馆长有些疑惑。

钱馆长说：“经请示局领导，今天由我主持召开分房会。房子先由我选，再是孙馆长，再是两位元老，再按年龄大小为序。大家同意吗？”说完扫视着会场。

会场沉默着。

大约半分钟后，钱馆长又说：“大家不说话，就算默认了。我先挑——一楼一号。”

孙副馆长心一沉，但他有力地从座位上弹起来，机械地说：“我要六楼一号！”

人们欢呼雀跃。

包 装

这个夏天，小李拿到大学毕业证，不久就找到一份工作。这天他去单位报到，单位分给他一间住房。父亲从家里赶来，带来一个老掉牙的丑陋的热水瓶。小李很不高兴，说：“爸，你明天回去，把它也带回去!”

父亲心里涌起苦涩的感觉，但脸上笑笑，不作一声，只顾帮儿子收拾屋子。小李狠狠一跺脚，去街上买回一个很高级、很漂亮的新热水瓶，兴致很高地注满开水，却对旧瓶不屑一顾。父亲默默地给旧开水瓶也注满开水。

晚上父子俩抵足而眠。第二天早晨，小李醒来，屋里已不见父亲。他拿上一个新茶杯，放上茶叶，去揭开新热水瓶的瓶盖。瓶口只冒出几丝热气。顿时，他心里凉了半截。

猛然看见那个旧瓶还在，他带着一丝侥幸心理，去揭开瓶盖，却发现热气腾腾。他心里立刻也变得热气腾腾。顷刻，他眼中泪光闪烁，喃喃说：“爸啊爸!”

瞎

甲是大款，生性多情，喜寻花问柳，结识了不少风流女子，并引为知音。

一日，甲忽然双目失明，遂携巨款，历尽艰辛，四处求医，均不知其病根之所在。甲回家后，几乎两手空空，勉强度日。其红颜知己们避之唯恐不及。

乙闻讯来看视甲。甲对其哭诉自己的种种不幸与烦恼。乙默默听完，想想，说：“老兄，其实你没有真瞎，只不过让女人的乳罩蒙住双眼罢了！”

甲大吃一惊，继而恍然大悟，遂指天发誓：“我要彻底忘记她们！”

三年后，甲双目复明。

染

甲年少时即喜爱文学，上大学后读到《红楼梦》，不禁拍案叫绝，不久即发表处女作，后一发而不可收，到参加工作时已小有名气。不少女子慕名而来，大都有与他结成伉俪之意。

他却指天发誓：为了事业，本人不到30岁绝不成婚！

女子皆脸红，逃也似退却。

25岁时，甲见到时下炒得沸沸扬扬的《废都》，当即购回一本，精读细读，每当读到肉麻的文字时，都心跳加速，面红耳赤，头脑昏昏，终至走火入魔。为免犯作风错误，他匆匆与一女子相恋，并草草结婚。

婚后生活并不美满，甲十分苦恼，遂复读《红楼梦》，继而幡然醒悟，连呼上当，将《废都》三把两把撕碎，还不解恨，又一火焚之。

新编“梁祝”

小时候，祝梅对梁雄说：“雄雄哥哥，长大了，我要给你做媳妇！”

上高中时，祝梅对梁雄说：“雄哥，我非你不嫁！”

在爱情的滋润下，梁雄茁壮成长，高考金榜题名。祝梅则名落孙山，她通过老爸的关系，找了份好工作。她送梁雄上大学时，说：“雄，我等你！”

四年后，梁雄大学毕业，祝梅为他找了一个油水大的单位，他不干，自愿当了清苦的教书匠。她心灰意冷，不久即与一大款定亲。她披上婚纱那天，梁雄来了，她对他说：“梁兄，如果你有钱，我一定会嫁给你，我一定会很幸福……”

梁雄呆一呆，半晌，松一口气，说：“祝你幸福！”

出人意料

张三的老婆李二没有工作，却特别爱赌，一赌博，就什么都不管不顾了，但她对张三却管教极严。这天，她清晨即起，迫不及待地赴约，去外面赌了一整天，夜里很晚才回家。哪知从来都在家等她的张三比她回家还要晚，而且人还没进门，满身的酒气先飘进了家。

李二有些不快，等张三一进门，就指着手腕上张三给她买的名牌手表，大声质问张三："你看看，这都几点了？都半夜两点了，你知不知道？你到哪里灌黄汤去了?!"

张三脸上现出一种怪异的表情，他看着李二，沉默不语。李二来了气，恶狠狠地问张三："你是不是跟狐朋狗友逍遥去了，啊？是一个，还是两个？是男的，还是女的？是老的，还是少的？啊，你究竟干什么去了?!"

张三脸上依然现出一种怪异的神情，看着李二，仍然沉默不语。李二更加恼火，穷追不舍地问张三："你是不是看不上老娘了？是不是对老娘厌倦了？是不是跟骚娘儿们野去了？说，是一个，还是多个？是老的，还是少的？是本地的，还是外地的？说，你到底干什么去了?!”

张三终于大声回答：“今天你妈满60岁，我去祝寿，跟你哥灌黄汤了!”

顿时，李二目瞪口呆。

一稿百投斋

春节这天，某短文作家吃过早餐，就走进书房——一稿百投斋，坐在电脑前，加紧上网传送刚刚写就的千字文《除夕感怀》，一气传到一千种报刊，就有朋友来给他拜年。二人寒暄完毕，朋友就问："老兄去年润笔费不菲吧?"

作家："不多，不多，也就几方而已。"

朋友："这么多！那一定发表了几百篇大作吧?"

作家："不多，不多，也就几十篇而已。"

朋友："那，哪有这么多稿酬?"

作家："一稿百投呗。一篇小文投了报纸投杂志，投了省级投部级，投了南方投北方……"

朋友："难怪老兄的书房名叫'一稿百投斋'……"

作家："在新的一年里，为了获取更大的效益，我将一稿千投!"

朋友："那，老兄的书房该叫'一稿千投斋'喽!"

三个天三个地

放暑假了，某省领导想让读小学三年级的孙子轻松轻松，就带着孙子，来到本省一个风景优美的国家级扶贫县，说是“考察工作”，在县委书记等七八人的陪同下，天天到景区游玩，顿顿山珍海味，夜夜莺歌燕舞。

这天中午，祖孙二人临回省府前，在送行宴会上，七八位主人纷纷给省领导敬酒，轰轰烈烈地话别。酒酣耳热之际，省领导正式听取县委的工作汇报。县委书记简明扼要地说：“我县的主要工作可以说是‘两个天两个地’——争取的项目‘铺天盖地’，支柱产业‘顶天立地’！”

省领导正准备勉励几句，没想到他孙子倒先板着面孔说话了：“我看你们还有‘一个天一个地’，那就是——花天酒地！”

孝心

在一个山村，有一个女人。这年隆冬，她婆婆老死在床上。她为她公婆穿寿衣，双手抖抖擞擞的，总穿不上，就说："婆婆啊，您在世的时候，对我那么好，为什么这时却不让我为您穿上衣服呢?"

她的独生女儿正在读高中，放寒假在家，接口就说："妈，奶奶在世的时候对你好，你却对奶奶不好啊，所以你穿不上!"

她心里咯噔一下，愣在那儿。她女儿走上前，三下两下，熟练地为奶奶穿好寿衣。

三天后，她公婆入土为安。她对前来送葬的亲友说："这几天，难为你们帮忙，都特别辛苦。现在坟上只差几个石头了，就让孝子自己整吧!"

眼看众人散去，她在心里狠狠说："婆婆啊，我就不信，我一个大活人，还斗不过你一个死鬼！谁让你死了还给我难看的?!"

春天来了，天气转暖。清明这天，她丈夫陪着小心对她说："伢她妈，你看——伢她奶奶的坟是不是该整整了?"

她狠狠瞪她丈夫一眼。她丈夫立刻缩了脖子，紧紧抿住嘴巴，生怕一不小心吐出一个字。

转眼夏天又到，雨水多起来。这天放星期，她女儿回到家，对她说：“妈，看看汛期就要到了，如果你还不让爹给奶奶整坟的话，恐怕山洪会把坟冲平的！”

她狠狠瞪她女儿一眼，大声呵斥：“你好好念你的书！大人的事不要你瞎操心！”

她心里也狠狠说：“冲平了，才好呢！”

第二天，她头疼欲裂，正想去看医生，就被她女儿一把拉住。她女儿说：“妈，你不用去弄药了，只要你让爹把奶奶的坟整好，你的头就会好的！”

她心里咯噔一下，赶紧找出背篓，强忍剧烈疼痛，去山野里寻石头，为显心诚，好歹不要她丈夫和她女儿帮手。一会儿，好不容易把坟整好，她心头一松，头疼就减轻不少。

又过一会儿，她不再头疼。她仔细想想，然后严肃地对女儿说：“儿啊，我们只有你一个伢，你可要对我和你爹孝顺啊，否则我们死后——到了阴间，也不会饶你！”

她女儿笑笑，说：“妈，你别迷信了！别以为刚才你头疼是奶奶在阴间报复你！其实，这是一种心理作用，根本就没有什么阴间！实话告诉你，我就是利用你这种心理，把奶奶的坟整好了！”

一时，她愣在那儿，怎么也想不明白；想着想着，头似乎又疼起来。

戒　烟

自小学五年级始，在瘾君子伙伴中，李君一直处于领袖地位。婚后，在其妻的虎威之下，他终于宣布：戒烟。

翌日，李君上班，同事敬烟。李君顽强收缩蠢蠢欲动的手，深吸一口气，又缓缓吐出来，才轻松地说：戒了！

同事和朋友觉得不可思议，呆呆地站在那儿。李君不忍睹其惨状，遂接过烟来，说："抽了这支，就戒！"

抽第一口，从吸时到吐时止，竟让烟气在肚里停留了约 5 分钟之久。

刚过一会儿，李君正为烟瘾难熬时，有朋自远方来。李君喜不自禁，赶紧去买来一包"红塔山"，敬客一支，自己也叼上一支作陪，心说："抽了这支，就戒！"

少顷，朋友回敬李君一支"阿诗玛"。虽李君正与烟瘾苦苦战斗，但他还是艰难地说："戒……戒了！"

一个月过去了，李君的烟瘾比戒烟前更甚，仿佛要加倍补偿戒烟时所受的苦痛似的，他只好宣布戒烟计划的破产。其妻逼夫戒烟的招数再也不灵了。

一老先生闻之，大发感叹：嗟乎，天下许多事之不成，岂不与此君戒烟之理相同欤？

睁着眼睛说瞎话

初春的一天，专做茶叶加工生意的老谢走出家门，来到村委会楼前，预备收点鲜叶，就看见乡政府派来的包村干部老贾正在往墙上贴一张纸。原来是明确规定乡干部不得做贩茶等生意的布告，最后写着“请广大人民群众监督”。几个茶农正在围观。老谢看见老贾脚边有一袋芽茶鲜叶，就问：“是谁的？”

一个茶农应声答：“是我的！”

老谢上去看了看，问：“多少钱一斤？”

那个茶农还没来得及答话，老贾就慌慌地挪出一只手，压住那袋茶，说：“这是我早就说好买定了的！”

围观的茶农们脸上露出讥笑的神色。他们早就和老贾混熟了，这时其中一个对他说：“贾干部，你这边手里贴的是禁止你们这些人贩茶的事，那边手里却在贩茶，这不是睁着眼睛说瞎话吗？！”

茶农们一阵哄笑。顿时，老贾的脸红得像猪肝。

机　遇

甲、乙、丙乃某国家级贫困县县一中同班同学，成绩均名列前茅。高考后，由于填写志愿不同之故，甲进大专中文系，乙进中专财税班，丙则名落孙山。一日，三人相见，甲得意扬扬，曰：看来，你们的机遇没我好啊！

两年后，甲、乙毕业。甲分到县文化局工作，生活清贫，乙分到县国税局供职，生活富足。丙则一直潜心创作，已有50多首诗作见诸报刊，在省内小有名气。一日，三个聚首，甲灰心丧气，曰："看来，你们的机遇比我好啊！"

十年后，甲倾尽私囊，千方百计调入县地税局工作，生活渐渐步入小康，但终究是单位"新人"，不免时常受些小气。此时，乙已是县国税局局长，实权在握；丙已公开出版四五本文学专著，名满天下。一日，三人巧会，甲慨然长叹，曰："看来，我没有抓住机遇啊！"

殊途同归

星期天上午，阳光灿烂。某城市，十字路口，车水马龙。甲、乙、丙从三个不同的方向走来，不期而遇。同时惊喜，“啊”的一声，然后搂抱，又拍肩大笑，继而手拉手走进街旁一家酒馆，点菜，举杯。

原来，他们仨在高中是同班同学。甲的成绩总是名列前茅，遂一鼓作气考上大学。乙和丙成绩差，最终没能参加高考，混到高中毕业就下学；乙凭他老爸的关系进入国家机关，丙则干起个体户。

现在，甲刚刚大学毕业，被分到某中学当教师。这时，他已酒至半酣，感慨地说：“我经过十六年的寒窗苦读，总算挣到一张大学毕业证!”

乙慢悠悠地呷了一口酒，微微一笑：“老弟，你可划不来呀！像我，现在不但当了副科长，而且通过自修，轻轻松松就混到一张大学毕业文凭……”

丙猛灌一口酒，不等乙说完，就哈哈大笑，笑完，就抢过话头对甲说：“是啊，老兄，你真划不来！哪怕我这样的粗人，现在不但当了经理，而且通过函授，糊里糊涂就混到一张大学毕业文凭。想当时，有两科考了三次，硬是不及格——不是58分，就是59分，我烦了，就封了两个红包送给两位科任老师，他们在试卷上东挤0.5分，西挤0.5分，总算给我凑齐了60分！”

甲目瞪口呆。顿时，他心中涌现潮水般苦涩的感觉。他沉默了，一味猛灌白酒。顷刻，有晶亮的液体从他眼中溢出。

外面，晴转阴，乌云满天，要下雨了。

无　题

林导乃某领导白兴之子。白兴生林导之时，还是一介百姓，在某单位任办事员，但他一直渴盼当领导，遂忍痛让自己的新生儿随妻姓“林”，取名“导”。林导，“领导”之谓也。

林导启蒙读书时，其父白兴如愿以偿，真的走上领导岗位，且官运亨通。林导的学业却一直不景气，勉勉强强混到高中毕业。白兴出高价，让儿子上了自费大学。

林导好不容易混到大学毕业文凭之时，正赶上许多领导“举贤不避亲”，将自己的子女亲戚大量安置到国家机关的潮流，于是被其父轻而易举地安排到某要害部门工作，并分得一套三室一厅的上好居室。

此时，许多出身低微的公费大学生被分到一些油水薄的单位工作，大多一二人共居一室。林导深感幸运，站在居室外的大阳台上，心里充满阳光。他到街上购得 3 个花盆，但跑遍全城，仅购得一株自己喜欢的花树，就将这株花树栽在花盆甲内，让乙、丙两花盆闲着。

这天夜里，林导梦见，花盆乙和花盆丙哭丧着脸，花盆甲也似乎不太高兴。林导惊问其故。乙答：“既然您把我买来了，我们就是一家人了，您就是我们的家长，就是我们的领导，就应该给我们安排工作！”

丙说：“家长，乙的话也代表我的意思。”

甲说：“领导，我一个人养一株花树，有时实在忙不过来，您给我安排几个帮手吧！”

林导醒来，已是早晨，他去阳台上看视甲、乙、丙，发现它们似乎都在以乞求的目光看他。他动脑筋了，牺牲了若干脑细胞之后，终于想出一个妙法——将乙放在丙上，又将甲放到乙上，让这 3 个花盆叠起，共同养育那株花树。

这天晚上，林导梦见甲、乙、丙都笑了。它们异口同声地告诉他：“亲爱的主人，亲爱的家长，亲爱的领导，您真英明！您不但给我们都安排了工作，而且让我们的工作很轻松！高，实在是高！”

一时，林导为自己的创举得意非凡，在梦中甜甜地笑了。

不久，在行政机构改革中，工龄已有 30 多年的白兴被“一刀切”下了工作岗位，领导一职自被免去；林导则在竞争上岗中掉下来，自谋出路。

这天，林导历经千辛万苦，终于觅得一份自食其力的工作，骚动了一段时间的心稍稍安定下来，不觉来到阳台上，猛然见到那株花树已枯死在叠起的 3 个花盆上。这是他好几天忘记给它们浇水所致。

一时，他心里怪别扭，怪悲哀。

禁止吸烟

上级通知我们局长去开会。局长开完会回来，即贯彻会议精神，吩咐我在会议室里放置一些禁烟标志牌。我不禁满心欢喜。每当在我局单位会议室召开工作会议时，我就要做记录；我不吸烟，却总被层层灰色的烟雾包裹，刺鼻，刺目，刺心，往往有窒息的危险。这下好了！我喜滋滋地去买回八个禁烟标志牌。这些标志牌是立式的，分两面，每面都有醒目的禁烟标志和红红的“禁止吸烟”四个大字。我将它们放置在四面的会议桌上，一面两个。局长过目后，很满意。

翌日，局长召集本系统各二级单位有关负责人到我单位会议室开会，并特请上级某领导与会指导。会议内容为传达上级文件《关于在机关严禁吸烟的规定》。与会人员落座后，其中的烟鬼们一眼瞥见醒目的禁烟标志牌，一时不知所措，后多次缩回欲蠢蠢伸向放烟口袋的手。上级领导是个有名的烟鬼领袖，虽说定力强些，但也不禁哈欠连天，无精打采。局长见状，即让我去买烟。烟鬼们相互瞧瞧，都会心一笑，但仍不敢掏出口袋里的烟来抽。我一时不明所以，但人微言轻，只能按局长的吩咐去办，走到半路，猛然悟出：“这肯定是我们局长为安抚大家，让我去给与会人员每人都买一包，但会上是不许抽的!”

于是，我欣然买回三条烟。果然，会议室里依然空气清新，因为仍没人抽烟。我正要一人面前放一烟，就被局长拦住。他说：“你快去准备记录吧。”

局长说着，就拿过我手中的烟。放在角落里，仅拿出一条拆开，先在上级领导面前放一包，并抽出一支给上级领导把火点上，然后在每个禁烟牌旁放一包，然后自己抽出一支吸上，说：“大家抽吧！现在开会……”

顿时，我蒙了，手里机械地记录着，很快就被浓浓的烟雾包围……

美　容

我常写点新闻在报刊上发表。这日，本地一个肥单位的一把手——毛三根来找我。他很知心地告诉我，这几年他政绩平平，很苦恼，很想改变这种不良状况。他又很恳切地告诉我，如果我在报上为他们单位写几句，就会得到千字千元的高额酬劳。

我笑笑，请毛局长看一幅漫画：一个秃子来到美容院，请美容师将其头上仅有的三根毛吹出个新样式。

毛局长看了，脸红到耳根，不再请我为他们单位写几句，就匆匆告辞而去。

整 容

爱美觉得心里憋得慌，去找男友，希望倾诉一番。

爱美找到男友后，男友却不认识她。

他俩才两三天没见面，这是怎么啦?

原来，爱美脸上伤痕累累，头上纱布重重，与以往相比，已判若两人。

直到爱美哭出声来，男友才听出是她，险些跌一跤，定神后惊问其故。

爱美很伤心地说：“昨天我进一家美容院整了容，今天就变成这样了!”

做寿

这天上午，某国家级扶贫县县政府办公室的李主任告诉办事员小张，今天王副县长 70 岁的老母过生日，将在全县最豪华的酒楼里大摆宴席。李主任问小张愿不愿意随礼。小张参加工作时间不长，对这些人情世故不甚清楚。但他知道，这样的礼送去后，王副县长不必还情，因为王副县长平时对下属的格外关照就在里面了。可他感到疑惑：几天前，王副县长的老母已做七十大寿了，只不过未设宴，政办的同事们都在李主任带领下随了礼；难道一个人一年还兴过两个生日不成？

李主任解释说："上次王副县长的老母是过阳历生日，这次是阴历生日。"

小张恍然大悟。

骗术

中午，阳光普照。大街上，车去车来，人来人往。

一个金发碧眼的老外信步走来。看来他是个中国通，否则不会独行。两个衣衫褴褛的小乞丐迎上去，其中一个个子高些的伸出手，说："先生，给点饭钱吧！"

这声音听来怪可怜。老外从口袋里掏出钱包，取出10元人民币递给小乞丐，然后要走。可小乞丐拉住他的衣角，说："先生，请把手伸给我，为报答你的好心，我要义务为你看手相。"

老外被小乞丐逗乐了，可看看小乞丐脏兮兮的手，不禁皱皱眉，但还是微笑着将钱包放回口袋，伸出左手。哪知小乞丐又说："先生，我看手相的方法比较独特，要双手比着看才行。"

老外又伸出右手。趁高个儿小乞丐给老外看手相的机会，矮个儿小乞丐乘机掏出老外的钱包，藏在身上。

过一会儿，高个儿小乞丐给老外看完手相，老外离去。两个小乞丐找个僻静处，掏出钱包里的钱，发现只有5元人民币。矮个子嫌少，狠狠将钱包甩到地上。高个子赶紧拾起来，重把5元钱放进去，拉起伙伴就跑，边跑边说：“快，把钱包还给那个洋鬼子！”

一会儿，两个小乞丐追上老外，还给老外钱包。高个子说：“先生，这是你丢的！”

老外哈哈大笑，用口音有些别扭的中国话说：“啊哈，我还以为是你们偷走了！为表扬你们的好心，我要奖励你们！来，跟我走！”

一路上，在老外身后，高个子小乞丐对矮个子小乞丐直扮鬼脸，还找个机会在矮个子耳边说：“怎么样，还是我高明吧！”

矮个子佩服得五体投地。

没过多久，老外叫来一位巡警，指着两个小乞丐说：“这是两个小偷！”

顿时，两个小乞丐的笑容僵在脸上。本来他俩还以为老外要将他们拾金不昧的好人好事告诉警察呢。

老外看两个小乞丐愣在那儿，就对他俩说：“不明白，是不是？我也干过你们这行，只不过现在已洗手不干了。希望这次教训让你们两个小鬼长点记性！”

领导艺术

某单位有个老司机。谓之“老”，是说他开车、修车的工龄长、经验足，其年龄却只有四十出头。由于技术高明，他有些不将单位的规章制度放在眼里，除出车之外，上班总是迟到早退，有时甚至随自己的意愿在家赋闲。新调来的领导看不惯，婉言点拨，他不以为意。领导不耐烦了，直言告诫，他依然我行我素。领导很恼火，但无可奈何。

三年后，单位的小车已老旧，不能再开，领导遂弃旧换新，既换车又换人，让老司机在办公室干些烧水、扫地之类的杂活，而从下级单位借调一个年青司机驾驶豪华气派的新车。老司机离开了自己热爱的方向盘，每天必须按时上下班，顿感失落，却敢怒不敢言，不禁终日眉头紧锁，心事重重。

两星期后，领导退回年青司机，让老司机重掌方向盘。老司机喜出望外，来到锃亮的新车前，坐进舒适的驾驶室，握住了久违的方向盘，顿感胸中发热，鼻子发酸，有液体从眼中流出。

从此，出车之余，老司机上班不再迟到早退，更不再随意赋闲了。

打牌不能定贪污

放假三天。甲、乙、丙、丁都是公务员，住同一幢楼，而且是熟人，又都是“斗地主”的狂热爱好者，就约到一起，在三楼甲家中斗地主。不带彩就没意思，于是讲好——100 元为底，“打的”或“反的”翻一番，“炸一炸”翻一番，一打一开，一盘一结账。三人打，每盘结束后赢者下，上盘轮空者上。

感觉中，一天一夜很短暂，很快就过去，算算账，甲、丙是赢家，乙、丁是输家；因精力都还旺盛，输家想赶本，赢家还想扩大战果，于是又战。

感觉中，不长不短的一天一夜又过去，算算账，甲仍是赢家，丁仍是输家，乙反败为胜，丙反胜为败；本来都昏昏然了，但输家想捞本，赢家也无法，只得强打精神，勉力再战。

感觉中，长长的一天一夜好不容易过去，算算账，甲、乙各输 100 元，丙赢 200 元，丁不输不赢；经研究，四人一致决定，还战最后一盘，因为这盘归丁轮空，如果情形圆满的话——没有“的”和“炸”，恰恰丙是地主而且输牌，就可以都打平。刚到新年，谁愿输呢?!输钱是小事，赢得来年“平平安安”才是大事。但也极有可能没这么巧，那何时才是了啊！怎么办？于是又讲好，无论如何都只战最后一盘，而且不折不扣地开钱，输了不许耍赖。

时间一分一秒过去，扑克一张一张减少。丁闲着无事，就在甲、乙、丙打下的牌中择出四个“3”、四个“8”，拿着玩儿。他很快就玩得没意思了，不禁迷糊一下，很快梦见自己成了地主，就听甲说：“我报警!”

“报警”，就是说甲手中只有两张牌了。

丁强行睁开眼，渐渐看清手中的四个“3”、四个“8”，心中大喜：“哇，我是地主，只剩‘炸弹’了!”正在这时，他又听甲说：“插底!”

“插底”，就是说甲手中只有一张牌了。丁立刻将手中的四个“3”打下去，兴奋地说：“炸!”看看乙、丙都没有接着炸，就又将手中的四个“8”打下去，更兴奋地说：“还有一炸！哈哈！我是地主，我赢了，而且炸了你们两炸!”

甲、乙、丙睁圆布满血丝的眼，强行控制昏昏欲睡的感觉，仔细数了两三遍桌上的牌，好歹是被“炸”了两次。三个都骂：“老子背火！狗东西带火!”边骂边各自掏出400元，潇洒地甩给丁，但一下让丁赢去1200元，到底不甘心，一致要求再战。

然而，丁不干：“说好最后一盘，不准反悔!”

甲、乙、丙无法，只得散伙。四个都赶紧去洗漱，过早，接着就要上班。

丁是反贪局副局长，摇摇晃晃，来到单位，在局长召集下，和其他相关人员一道开会，参与讨论一个案子。局长介绍过案情，要部下们思考是否为其定性为“贪污”。想着想着，丁副局长脑中开始跑马，他突然觉出先前那局牌有什么地方不对劲儿，牺牲了无数脑细胞之后，以他以前常常破案的才能，终于明白了症结所在——最后一盘，他轮空，本没他什么事，凭什么反赢另外三个人的钱？肯定是他在打下的牌中择成的“炸弹”！他不禁得意地微笑起来。

局长先看丁苦思冥想，心中赞许，这时看丁脸上露出笑容，认为丁已有答案，就亲切地说：“丁局长，说说你的看法！”

丁副局长模模糊糊听见，沉吟着说：“这个牌……”

人们哄堂大笑。局长先一愣，接着就威严地哼一声：“嗯——?!”

丁副局长立刻清醒过来，一下明白这是在开会，于是大声蒙了一句：“不能定贪污！”

接着讨论。到底连续三昼夜没合眼，太疲劳，开着开着会，丁又迷糊过去，梦见甲、乙、丙来兴师问罪，要他退钱，甲还开玩笑说：“你是堂堂反贪局副局长，如果不退钱，就是贪污！”

丁一下急眼了。正在这时，会议已近尾声，局长宣布：“好！就这么定了，定为贪污！”

丁副局长立刻大声反驳：“这么说，就不友好了！打打牌，怎么能定为贪污呢?”

如今时兴裸体美了

孔雀甲走出浓绿的树林。天气晴朗，蓝天上白云朵朵。孔雀甲心情舒畅，情不自禁地张开五颜六色的长羽毛，在阳光下五彩斑斓，和美丽的大自然融成一个和谐的整体……

突然，一个声音在耳边响起："别臭美了!"

孔雀甲一惊，定睛一看：在身旁，站着一个鸟样的动物，除头上长着孔雀翎外，全身光秃秃的，像被人拔光了羽毛就要下锅似的。经过仔细辨认，孔雀甲终于认出这是孔雀乙，就问："谁把你害成这副怪模样了？真丑!"

孔雀乙鼻子里一哼，不屑地说："土老帽儿！我这是丑？这是美！告诉你吧，是我自己故意把羽毛拔光的!"

孔雀甲更加不解，又问："众都说'孔雀开屏'很美，你连羽毛都没了，还美?"

孔雀乙以教训的口气说："这你就不懂了！告诉你吧，如今时兴裸体美了!"说着，一摇一摆，飘然远去。

孔雀甲目瞪口呆。

真真假假

这些年，闲着的人们就像一个个鼓胀胀的气球，都爱轻飘飘地到处凑热闹。自然也有人爱制造热闹。

这天上午，国家扶贫县子无县的虚有乡皮带厂正式成立，举行热热闹闹的挂牌典礼。一长排泥墙小屋是厂房。在房前的街道上，整整齐齐坐着三排十几个新工人。在工人身旁身后，尽是围观的人群。

新厂长姓贾，坐在门前摆放的主席台上，正在演说：“我是农村出身。以往，腰里拴一根细麻绳。目今，有了自己的工厂，才圈上这洋货，还怪舒服!”

贾厂长说着，激动地站起来，同时手指自己腰间的皮带。正是秋初，他身穿夹衣，里为粗白布衬衣，外为涤卡蓝褂子，下摆都扎在黑长裤内。他这样装扮，是有理由的，一为露出自己工厂刚刚制造的皮带样品，二为增加几分潇洒气派。

可能是他肚中的豪气鼓得不是时候，只听“嘣”的一声，他的棕色牛皮带像被魔术师指点过，瞬间脱落，黑裤子猛地落下，露出里面鲜红的秋裤。

围观的人们哄然大笑。工人们哭笑不得。贾厂长脸上红光陡增，接着陡减，瞬间苍白，又黑黄黑黄。猛地蹲下来，迅速提起裤子，转身就迈向门内，哪知还是被裤腿绊倒在地。他到底机灵，顺势一滚，滚进门内，又快速关上门。他的皮带一端正好夹在门缝外。

门边一个小学生眼疾手快，一伸手，一把拉出那条皮带。原来是市场上常见的那种皮带——扣子是一横出的小钩。钩子不牢，断了。原来是伪劣产品。

这时，人们听见屋内一陌生男子慌慌地问："贾厂长，怎么啦?"

贾厂长带着哭腔答："甄厂长，你们仿制的牛皮带还不抵一根麻绳!"

迟到的青春痘

李君有苦说不出。他脸上突现米粒大小的红包包，且瘙痒难耐。他活了 30 多岁，以前从未出现这种局面。只有他自己才知道这是怎么回事。

前不久，李君之妻携子回娘家探亲，家里仅剩他一人。一日，有朋自远方来，邀他去洗头。他刚好要理发了，就一同去；去了才知，洗头不是水洗，而是干洗，且在洗头之后还有捶背的服务。他只是某机关的一个小小公务员，无职无权，以前从未享受过如此待遇，虽被洗头的小姐按得太阳穴生疼（他曾为此提出抗议。小姐连说对不起，并向他解释，来这里的人大多因经常按，不使劲已无多大感觉了，故下手重了些），但还是觉得很新鲜，尤其是他觉得小姐将他的后脑勺放在她双乳之间的感觉特好。

洗完头，李君的那个商人朋友要埋单。李君不干，咬咬牙出高资请了一回朋友，权当为朋友接风洗尘。

翌日，朋友回请李君去洗面。李君支支吾吾不去，半推半就间被朋友拽去后，才知洗面就是洗脸；只不过不用毛巾，而用洗面奶。他仰躺在床，由小姐在他脸上重三遍四地涂。他明显感到小姐绕指柔的功夫，亦感到洗面奶渐渐湿润润、滑溜溜、凉丝丝地渗入脸皮；虽有些不习惯，却也感觉良好。

这次，李君未多推辞，就由朋友结了账。因为李君已想好，明天请朋友去做异性按摩。

第二天，仅仅听说过异性按摩因而满怀憧憬的李君正要去邀约朋友，就接到朋友的电话——朋友有急事回去了。李君有些失望。他自己一人去吧，没了引路人，未免无胆量，只好悻悻然。

数日后，李君之妻携子归家，发现老公脸色绯红，细细一瞧，就发现了那些数不清的红丁丁，不禁心疼地问夫君怎么啦。

李君不好意思地笑笑，说："我也不知道。可能是十几岁时没长出的青春痘现在才来报到吧。"

李君心里明白，这是那个洗面小姐用了劣质洗面奶的缘故。为了不让妻识破机关，他好歹坚持未去看医生，难受了月余，脸上的小痘痘才平复。

离婚之妙

有段时间，老王简直烦透了。烦谁？烦他老婆。

老王是某单位的小车司机。他老婆本是一国营工厂的职工，几年前下岗之后，就心灰意懒起来。老王对此颇有微词，却不仅无效，还烦得他老婆有了逆反心理，竟一日比一日懒惰了。

一次，老王出车数天后归家，发现九岁的儿子泪眼汪汪、可怜兮兮，问过才知，这几天他老婆竟不及时给儿子做饭。儿子饥一顿饱一顿，很难受。老王不禁大怒，当即对躺在床上的老婆大吼："老子早就受不了你了！老子要和你离婚！"

他老婆最听不得离婚，从床上一跃而起，大打出手。老王瘦小枯干，他老婆却人高马大，几个回合下来，老王已满身伤痕。

翌日，老王带着满脸抓痕，遇见熟人就诉苦，说他老婆很丑他无所谓，他在乎的是她也不温柔，已有将近一年不让他挨她的身了，因此他已下定决心要和她离婚。他老婆的七大姑八大姨闻讯，纷纷来做说客："一日夫妻百日恩啊。老王你就看在她没工作才犯错误的份儿上，可怜可怜她吧……"

老王看他老婆神色间颇有悔意，就心软了，遂与她和好如初。

哪知开始还好，随着单调的日子一天天堆积，他老婆渐渐故态复萌，到后来竟空前懒惰起来。老王绝望了，到法院递上一纸诉状，坚决与本来坚决不离婚的他老婆离了婚。

离婚后的老王就像鸟儿解脱了鸟笼的束缚，自由飞翔了好一阵。可日子一久，许多天夜里独自躺在空阔的双人床上烙烧饼，他不禁孤寂难耐。正在这时，他前妻主动上门投怀送抱，温柔可人。烈火干柴，一点即燃，两人就像回到了妙不可言的初恋。

但毕竟不是初恋了。两人商量后，老王即去借来一笔钱，帮前妻在街上摆了一个小食摊，虽生意不火爆，但也时不时有熟人光顾，维持生计不成问题。

从此，老王与他前妻、儿子仍住在一起，老王容光焕发。从前听过他诉苦的熟人见了，都笑问："老王，你和前妻已破镜重圆，看来复婚之日不远了？"

老王笑而不答。熟人们都不知他是什么意思。

一日，老王的一老友来王家做客。老王的前妻一改昔日待客的冷漠，竟精心制作了一桌酒席，热情招待。酒足饭饱后，老友见她有事出去了，即对老王眯一眯眼，笑问："你和弟妹何时复婚呀？"

老王答："我告诉你了，你老兄可别告诉她——我永远不会和她复婚！"

老友惊问："为什么？"

老王反问："你和嫂夫人恋爱时与婚后的感觉有什么不同？"

老友如实回答："恋爱时妙不可言，婚后一天比一天平淡。"

老王说："离婚后住在一起，却永不复婚的妙处，就像永远恋爱一样。"

老友大悟，与老王击掌而笑。

为了100个弟弟妹妹

田老师急急走向校长办公室。她心急如焚。

田老师的妹妹得知自己患了癌症，住进了医院。她是三峡土家女，却独自在离家数千里之遥的深圳闯荡，现在住院了，格外想念家乡的亲人，于是给家里打电话，说她非常想她最亲爱的姐姐——田老师去陪陪她。

田老师出身农家，一手将比她小三岁的妹妹拉扯大，就像妹妹的第二个母亲，因此姐妹俩感情十分亲厚。姐妹俩先后考上大学。田老师大学毕业后回家乡县一中教两个高三班的英语课。三年后，妹妹也大学毕业，在深圳找到了一份很不错的工作，可才两年，就查出患了绝症。花苞还未开放，就要枯萎。田老师感到深深的心痛，她立刻去向校长请假。校长当即准假。这时，在旁的另一个英文教师自告奋勇，要帮田老师代课。看看高考在即，学校正在用人之际，校长当即应允。田老师却皱眉了。那个老师教高一班还行，教毕业班可就悬乎了。

但田老师已顾不得许多，回家收拾好行装，就到教室去向她的学生告别，哪知推开门，就发现讲台上堆满了花花绿绿的营养品，还有一束素雅的鲜花。田老师赶紧走上去，就在花簇中发现了一张字条：

田老师：您家的事我们都知道了。我们爱您，也爱您的妹妹。这是我们的一点心意，请您带给她。愿她早日恢复健康！

您的学生　即日敬上

霎时，田老师鼻子一酸，泪眼模糊地看正静静凝望她的学生们。她这才发现，两个班的100位同学都挤在这个教室里。她没料到，在这紧张万分的高考备考前夕，同学们竟然还有心思关爱她的家庭。立刻，一个决定在她心中形成。她迅速揩干眼泪，脸上露出惯有的从内心生发的微笑，说："谢谢，谢谢同学们！现在，请两个班的同学分开，我要上课了！"

同学们脸上均露出惊讶的神色。两个班长愣一愣，不约而同地站起来，一个说："田老师，您应该马上去深圳，您的妹妹正焦急地等您呢！"另一个直点头。田老师却说："不！那里只有一个需要我陪伴的妹妹，而这里有100个需要我指导的弟妹！"

顷刻，同学们都泪光盈溢。有的女生号啕大哭……

不久，噩耗传来。田老师漂亮的妹妹不幸病故。据家乡去为她送终的人回来说，她临终前呼唤着："姐姐，姐姐，姐姐……"

田老师早已成家，她爱人发现：自从田老师收到妹妹的死讯后，就神思恍惚，日渐憔悴。她住在离学校四五里远的县交通局宿舍大楼里，每天骑自行车上下班。她爱人怕她在路上出事，专门请人每天接送她上下班。但是，一旦她走进学校，走进教室，就变得干练如常，仿佛面对的100位同学都是她鲜活如花时的妹妹……

隐 痛

想起一些往事，我们往往心酸。

我的故乡是个偏僻的小山湾。8 岁时，我常常欺负一个大房侄子。他叫猴伢。其父母在小山湾里是出了名的憨直人，没有什么文化，随随便便给儿子取名“猴”，大概是觉得猴在动物中比较聪明的缘故吧。猴伢比我小 4 岁；脑袋方方正正，大得出奇，与瘦小身子很不相称；眼睛很大，很亮；眉毛很浓，常被汗水粘在额前的头发遮住。他有个习惯，即常把一条大毛巾搭在肩上，用来擦汗；又因身子弱，常在天凉时用来包在头上御寒。某日，我俩正在一起玩耍，他惹恼了我，我即凶头野脑地向他逼近，逼近。他眼里立刻伏了两只惊惧的兔子，后退，后退。突然，他一把扯下肩上的毛巾，拼命向已逼近他身旁的我挥动，“呼呼”带风。当时，我也很瘦弱，只不过仗着比他多吃了几碗年饭要欺负他而已，冷不防脸颊被抽中，很有些痛感，竟害怕了，悻悻败下阵来。从此，我再也不敢欺负他，他则扬眉吐气，更加警醒、灵巧、勇敢。

我们村里有所设施很简陋的小学，教学质量低下，自设立以来，到我为止，只我一人12岁时考上了离家二三十里地以外的公社重点初中寄读。这天放星期，我回到家，在一片竹林边和猴伢相遇。他手指东方的山峰问：“幺叔，那山后还有人吗?”

“当然有!”

“他们也和我们一样，玩打仗吗?”

“那肯定!”我很高兴。以前没有人问过我这样的问题，况且这个问题也容易回答。我常看小人书，自以为知道的事情不少，于是补充说：“打起仗来，还动真枪真炮呢!”

“那，他们穿的也是我们这样的衣裳吗?”

“比我们穿得好。”我们这儿属老少边山穷地区，人民生活贫困，因此小时我总觉得离家越远的地方，人们穿的、吃的、喝的、玩的，肯定比我们好，“他们还有飞机、轮船、火车呢——我们这儿就没有!”

他沉默了，眼睛向旁斜着，眼白占了大部分“地盘”，似乎没有看什么，目光却似乎正在穿透大山……

半晌，他又问：“人一开头就是人吗?”

“不是。”我听老师这么说过，心里同时想：他怎么提这个问题?小小年纪!

“那——那——那是什么?”

我隐约听老师说过“人是由猴子变来的”，就搔搔后脑勺，留声机似的回答：“是猴子。就是说，人是由猴子变来的。”

他听了，又斜着眼，目光似乎正在穿透大山……

半晌，他又问：“怎么变来的?”

这，这，这！我实在不清楚书上说过没有，老师是否说过。

我惶然了，脸上发烧，不耐烦地回斥他：“不知道!”

他也惶然了，呆了一呆，又斜着眼，目光似乎正在穿透大山……

半晌，他绝望地叹了口气。

那年，他才上小学一年级，已留了一级。如果他问乡亲们这样的问题，大人肯定会骂他“打破砂锅问到底”——不识好歹！

我为刚才的恶劣态度内疚了，认错似的对他说：“老师说，读的书多了，就会知道。你长大后，读的书多了，也就晓得了。”

过后，我记住了他那目光，并认作是冒傻气。

五六年后，我考上大学，成为本村第一个大学生，寒假时回到家乡，偶然见到猴伢。他已十四五岁，长高不少，只是身材仍然瘦弱，与大脑袋仍不相衬。见到我，他恭恭敬敬地叫一声“幺叔”，也不多话，只傻傻地笑，一副很懂事的样子。他走后，我向母亲问起他的情况。母亲说：“自从你上初二后，他升上二年级。可怪了——从那以后，他的成绩也好起来，一直读到五年级，再没留级，可他爸说，‘书读的再多，如果考不上大学、中专，不是还得回来种田？这不是白花一堆钱吗？读点书，认得几个字，能算账，不把钱弄错就行了！’猴伢哭闹几次，还要上学，但终究拗不过他老子，就凭他老子这句话辍了学，回来搞生产都好几年了！”

我明白了：这也是农村很多孩子很早就下学的原因。

我沉默了，感觉有一条虫子在心上爬动，怪痒痒，一会儿就隐隐作痛。

我大学毕业回到本县县城工作八九年后，偶尔回乡，有时见到流汗的猴伢。他已二十好几岁，成人了，比我高一二厘米，身体也壮实了，已和大脑袋相配。见到我，他先是大嚷一声“幺叔”，然后傻傻地笑；目光实在已不如先前明亮，背竟有些驼了。小小年纪！

我常听乡亲们赞扬说：“猴伢啊，已能背二三百斤了！会木工，也会篾活，还会弹匠。”猴伢的爸妈听见，很为儿子骄傲；他自己听见，也很自豪地笑——具备这么多的手艺，往往是农村的能人，既能挣钱，又能吃上东家的上等饭菜。

我不禁想起他那目光。现在，我已明白：那不是冒傻气，而是小小心灵对知识的渴望之光。如果当年他不下学，而是继续深造的话，那现在他绝对不会满足于原始的耕作方式和古老手艺的落后状态。

我想：现在，要是他提出一些有趣的问题，我再也不会脸红了。

但我也明白：他再也不会问我那些“猴子怎样变成人”的问题了。

可我还是想告诉他：猴子变成人，是漫长而艰辛的劳动的结果；若要无知的孩童成长为现代文明人，则必须对其进行长时间的精心培育。

因为，他数年前已娶妻，又生了两个女儿，早“升级”做了父亲。

如此乞丐

多年前，我被一个乞丐耍弄了，至今刻骨铭心。

公元一九八七年农历腊月二十三，放寒假了，我和几个大学同乡回家过春节，在一个大城市里的火车站候车厅候车，我们看见一个枯瘦的老人，他身穿破烂的棉衣裤，污秽不堪，腰里扎一根绳子，两腿弯曲，打着寒战，别别扭扭地走过来，像喜剧里的小丑，挨个儿向人们伸手乞讨。老乡们大都冷冷看他或者干脆不理他，只有一个人拿出一枚面值两分的硬币，丢在他手里。我同情地看着这一幕。老人走到我面前，看看我的脸色，伸出手，哀告说："小哥哥，行行好吧！给点吃饭钱吧！您将来一定会考上大学的！"

几个老乡大笑。我心里暗笑——我已度过半年大学生活，还考什么大学？他肯定将我看作十五六岁的高中生了——但听了他的话，我心里很受用（这说明我显得比实际年龄小），就爽快地在口袋里一掏，掏出一把零钱和粮票（那时吃商品粮还要这玩意儿），挑出一张两毛的角票，慷慨地放到他手心里。

他一边抓住钱，一边仍死盯着我的手，又哀告说："小哥哥，你良心这么好，一定会考上大学的！把那些粮票也给我吧！”

我心里不舒服了，想：人家给你两分，我给你两角，你却还要我的粮票；这是国家发放的定量，每月才35斤，我自己还不够吃呢；真是……就没好气地对他说：“都给你了，我不吃饭啦?!”

他愣一下，随即将怪眼向上一翻，狠狠说：“小气鬼！”

身边的人哄笑起来。

这是我没料到的侮辱！我脸上发烧，呆看着这个老东西转身而去。他的两腿竟奇迹般地站直，很正常地走到门口，复又弯曲，耍猴似的扭捏而去……

我像误食了苍蝇一样，感到恶心。周身的寒风更加刺人，直透心骨。

一朝被蛇咬，十年怕井绳。以后，每每见到乞丐，在施舍之先，我总睁大双眼，仔细辨别向我伸手的乞丐是不是真正的“可怜人”，以免将浸透汗水的劳动成果拱手送给骗子，哪怕一分钱。

援助之手

这事已过去20余年，我仍记忆犹新。

那天，我走出雨的包围，“躲”进县农贸市场，收了雨伞。我本想买一个包菜，没有，于是买了“一大把”四季豆。那时没有塑料袋，我也没带菜篮，只好捧着。手小豆角多，有一半豆角散散地堆在被手抓住的另一半豆角上面，靠微弱的摩擦力维持着平衡。

我十分小心，慢慢挨进出口……不巧，一个侧对着我站的生意人正和另一个生意人说说讲讲，突然毫无顾忌地向我横跨一大步，一下子碰掉我手上十几根豆角。

我看他一眼——是一个穿得很体面的小伙子，尽量装得漠然地望我，并不看地上的豆角，脸皮上隐约露出幸灾乐祸的讥笑。近年来，这种人我见多了，因此心中比较平静，知道他闯了祸，虽是空手，也绝不会“帮”我捡了，只得自己弯下腰去，用拿伞的右手，费力地捡起豆角，在左手上原样放好。

市场外面，依然下着中雨。我右手伸出伞，准备用嘴咬住伞柄，再用手撑开……不巧，一个正跑出去的中年妇女又撞我一下，我手上的豆角又掉下几十根。她停下来，回头看我一眼——和小伙子一样的神情，然后跑得无影无踪。

我想："是先捡起豆角，还是先撑开雨伞？"

突然，我听到一个清脆的女音："来，让我给你把伞打开。"

我侧首一看——是一个青年女子，一张正方形的大脸盘，相貌平平。她微笑地看着我，很大方地伸过手来。我递过伞去，然后蹲下身子捡豆角。捡完，放好，我站起身来，接过已撑好的伞，又仔细看她一眼。她与我素昧平生，但我分明看到她胸中那颗心，冒着火苗，正在焚烧着丑恶，分外美丽。

我心里一阵激动，知道报答这世间好心的唯一方法是，以后，在人生道路上，对人间尽量伸出援助之手。于是，我平静地向她道谢，然后举着伞走进雨中。

好雨！我分明看见，天地间，爱正像禾苗，无限生长……

宽 容

小时候过生日，繁忙的母亲总要为我煮一碗香喷喷的长寿面，里面还加两个圆鼓鼓的荷包蛋，以示祝福；上中学后过生日，母亲不在身边，我的生日都是悄悄过；恋爱后过生日，我心底就藏着一份期望——婚后，在二人小世界里，妻要能为我过上一个甜蜜的生日，就妙得很了！

1994 年冬天，我结婚了，翌年春过 26 岁生日，恋爱时过生日的那份期望眼看就要成为现实。那天早晨，妻对我没有任何表示。中午，我下班早些，就自己煮了荷包蛋、长寿面，也为妻准备了一份。妻下班回来，因工作忙而烦心，竟借口不爱吃面条而给我脸色看。下午和晚上又平平而过，她依然没有任何表示，我深感失望。第二天早上，我忍不住告诉她：“昨天是我生日。”

她深感后悔。但女人输理不输口，她竟说：“哎呀，我早就计划为你过生日了，偏偏到这天忘了！你为什么不早说?”

气得我无话可说。

一个月又二十四天后，是妻的生日。早晨醒来，我笑着对妻说：

“祝你生日快乐!”

她羞涩地一笑，像个小姑娘似的。中午，我为她煮了长寿面、荷包蛋。她吃得喜滋滋的。晚饭时，我又亲自下厨，炒上几个小菜，用饮料代替生日酒，频频和她碰杯，以示祝福。她笑得甜甜蜜蜜。晚上，妻下晚班回来，看到桌上有生日蛋糕，蛋糕上插着明晃晃的生日蜡烛，一阵惊喜。我唱起了生日祝福歌。她鼓起贮满笑意的腮帮，一口气吹灭了蜡烛。我们共同分享那很甜很甜的蛋糕……

夜里，妻告诉我，这是她出生 22 个春秋以来，第一次吹生日蜡烛，第一次吃自己的生日蛋糕，第一次有人隆重地为她过生日。望着满脸幸福的妻，我不禁有些失落——自己在世上比妻还多混 4 个寒暑，可从未体验过吹生日蜡烛的滋味。

不过，我的“壮举”得到了妻的回报——她不再随便给我脸色看了，事事还让我几分，也抢着做家务。

打　妻

某单位请我帮忙，于是设宴款待我，5个“主人”轮番向我进攻。正巧这天我心里有事，很不痛快，于是对这些浇愁之“水”来者不拒。一个多钟头后，二三两白酒进了我的口，四五杯啤酒进了我的肚。

深夜，我恍恍惚惚回到家，躺下就睡。翌日早晨醒来，觉出头痛欲裂，肚里的恶心物事也一阵阵涌上喉咙口。我赶紧到卫生间，搜肠刮肚地狂吐一阵，才算轻松一些，但终究有些不适。好在是星期六，无须上班，于是又去躺下。哪知妻不饶我，她来到我身边，这里摸摸，那里捏捏，到处挠我痒痒，害得我睡不安稳。或是“投降”求饶，或是威胁“揍人”，我使出十八般武艺，她均不为所动。

两个钟头后，她累了，停手去市场上买菜，我才得以“休整休整”。一会儿，她回来之后，正是我猛然觉出肚里钻心疼痛之时。我可怜巴巴地告诉她：“我肚子疼！”

她拍手，笑道：“疼得好，疼得妙，疼得鬼子哇哇叫！”

我一时非常气愤，不理她了，哪知她又来挠我痒痒。顿时，我恼了，坐起来，狠狠打了她一下。她呆了，脸色变得苍白，愣一愣，不再理我，走了。

我重又躺下，过一会儿肚子不疼了，但心上又“疼”起来。这几年，我常常感到世态炎凉，是妻，给了我多少温暖啊！前几次我出外饮酒过量后回到家，她都精心照料，直到我好后才心疼地叮嘱“再也不要喝这么多了”！以前，我从未打过她，有时口里说“打”，也只是扬扬拳头，就没了下文，或是在她身上蹭一下，就算“打”过了，而这次，我一时冲动，竟真的打了她！

顿时，我觉得自己的拳头好丑！一时，我泪如泉涌，心中莫名其妙地想起几句很著名的爱情诗：

若你流泪
湿的总是我的脸
若你悲凄
苦的总是我的心

擦干泪，去向生闷气的妻道歉。好不容易，左哄右劝，才将一直不言不语的妻哄得说了话。我知道，一旦她说话了，就是原谅我了。她问：“你打了我，心里很快活吧？”

我说：“不，恰恰相反，我打了你，心里比你更难受。”

急 诊

1997 年的一天晚上十点，我突然流起鼻血来，用尽“土方”——举手，堵塞，掐虎口穴，均不见效，只好坐麻木去医院。街灯大都已熄，一路昏暗。麻木司机小心翼翼地又踩又蹬，滚过两里路程，来到医院，用汗津津的手接过 1 元力资。

我来到急诊室前，只见灯光明亮，却不见医生，敲了好一会儿门，才听到旁边的门房里有人不耐烦地问：“谁?!”

“流鼻血！急诊的!”我大声回答。

门房的门终于开了，走出来一位穿白大褂的中年人。他身后有一位老人和一盘残棋。白大褂脸色冷漠，慢吞吞地打开急诊室——大概还在琢磨刚才鏖战的情形。我跟进去，一路滴血。他坐下，漫不经心地看看我的鼻孔。我大喜，以为他要给我治疗了，哪知他却开起药单来。

按照白大褂的吩咐，我得先去划价。划价窗口紧闭，我流着鼻血敲了好几分钟，窗口才打开。一个青年人出现在窗口，懒洋洋地划价：5. 10 元。

我一路滴血，回到急诊室。白大褂一手接药单，一手伸向我。我以为他示意我过去给我治疗，就十分欣喜地凑近他，哪知他威严地说："钱!"口中带出一股冷气。

我心中寒冷，手却赶紧掏出10元钱。白大褂一把将钱抢过去——比先前开药单的动作快上百倍还不止，说："先放这儿吧，拿了药再结账!"

我一路滴着血，又去划价窗口兼药房拿了药转来。白大褂这才将一个白棉球蘸上药水，狠狠捅进我的鼻孔。我难过得心酸，不由嘴一张；又咸又腥的淤血大块大块吐出来，滚烫的泪珠也大滴大滴溢出眼眶，不断落在前胸……

好在白大褂很快就完成了这道药单上所谓的"注射"程序，然后在一张纸上随手写下："药费5.10元、挂号费3.30元、注射费30元，计38.40元，"又向我伸手，说："还交23.40元!"

我不免心惊，想："麻木司机流下那么多汗水，才挣1元钱，而这位白大褂仅仅塞一个小棉球，就轻易到手30块，已超过我一天的工作所得了!"

临走，我对白大褂说："谢谢大夫!"白大褂沉重地点点头。似乎刚才出血的不是我，而是他。

放 飞

正是初春乍暖还寒时节。昨天还是阳光朗照，今天却阴云密布，寒气袭人。

上午，我和我们单位领导在办公室办公。突然，一只寻找温暖的小鸟从敞开的窗口撞进来。领导一眼看见，童心大起，笑着吩咐我：“你去关门，我去关窗，别让它飞了，我们把它捉下来。”

这一切办理停当，我俩就开始向空中扑腾。鸟儿飞到东，我们追赶到东；鸟儿飞到西，我们追到西。由于办公室开间较大，我俩扑腾半天，毫无结果，累得直喘粗气，汗水淋淋，于是坐下歇会儿。

小鸟也累得够呛，看我们歇下，就歇在墙角，一对儿小眼珠骨碌碌地盯着我们，密切注视我们的一举一动。

猛然看见墙角的大立柜，我灵机一动，让领导拿一杆长柄拖把，在后面压阵，以防小鸟飞出墙角；我自己则高举一把长柄棕扫帚，走近墙角，对准小鸟，轻巧地一划拉，将它拂到墙角和大立柜之间的夹缝中去。它再也施展不开飞翔的绝技，被我伸手进去抓住。

这是一只棕红色小鸟，很可爱的模样。它绝望地看我们一眼，然后悲惨地闭上眼睛，再也不理睬我们。

我心里一阵悸动……

领导大喜，说："先用东西装上它，中午下班后，我把它带回家，让儿子喂着玩儿!"

我打开门窗，去把篾制带小方格的废纸篓倒空，将小鸟装在里面，在口上盖上一块小木板。小家伙想飞出去，在里面乱扑腾，有时竟撞得木板响。

正在这时，同事来找领导。领导出去。

我听小鸟撞得木板响，怕它撞坏了性命，就去找来一张报纸，小心拆去木板，盖上报纸。量小家伙力小，肯定撞不开报纸飞出去，而且撞不坏性命。

果然，小鸟撞不开报纸，但仍扑腾不已。

我说："小家伙，何必呢？领导的儿子我见过——像个小女孩，很温柔，不但不会坏你性命，还会给你好吃好喝好住，比你在外面日晒雨淋餐风饮露强多了，有你享的福!"

小鸟依然扑腾不已。

我心中一动："先让它知道我们不会伤害它再说。"于是去找来碟子，在里面放上水、土豆、玉米面和大米，小心放到篓子里，送到小鸟脚边。

小鸟看都不看，仍然努力飞腾，想飞出牢笼。

我不再管它，去办一会儿公，再来关心它时，发现已没有动静。我大喜，心想："说不定它明白过来，已饱饱享用过美餐了。"为了证明这个想法，我过去察看，只见它闭着眼睛，表情凄然：水、土豆、大米、玉米面未动分毫。

我明白了：小家伙在绝食！它肯定认为，没有自由的生活，是白活；为了不白活，就要努力抗争；抗争不能，也不能苟活；苟活一生，还不如早早死去!

真是天地间可爱可敬的小精灵!

我深深感动，感动于小鸟的精神和骨气，就把篓子提上窗口，揭开报纸。小鸟猛然一惊，睁开眼，迫不及待地飞上天空……

天空中竟然已有几小块深蓝色的板块。原来，乌云正在散开。

一会儿，领导回来，问："鸟呢?"

我答："我怕它在木板上撞死，就换了一张报纸盖着，哪知它顶开报纸飞走了!"

领导说："可惜！可惜!"

我心中暗笑。

这时，天已放晴，太阳照下来。我心里很暖和。

人缘好

大刘是我单位办公室副主任，常常上午 10 点钟左右才上班，下午 3 点钟以后才签到。每次有由他负责的重大任务，他都不慌不忙，上班时仍从从容容地组织三位部下——一位老司机、一位打字员和我，进行“学习”——甩扑克“双升”。直到完成任务期限的前三天，他才要求领导安排大队人马，夜以继日地投入“战斗”，“辛勤”地完成任务。然而，连续三年来，在每年一次的国家公务员年度考核中，他均以多数票被评为“优秀”，得到加薪的奖励，并于今年初升为办公室主任。

我大专毕业后分来时间不长，对此感到疑惑，遂向人情练达的老司机和心思灵巧的女打字员请教。女打字员想想，认真地回答：这说明刘主任人缘好。

老司机直点头。我依然疑惑。

焉知非福

12 月 24 日一早，我坐上一辆快巴，驱车五六个小时，从县城来到市委大院，上二楼会议厅参与一个征文大赛颁奖会。领过奖，发过言，开完会，已是下午 5 点，我匆匆下楼。前几天，我们单位两个主要领导应县某镇镇长之请，赴市为该镇跑一笔项目款。昨天我与他们联系过，说好今天一起回去。这时，单位小车正在市委大院里等我。

我钻进小车，将冬天的寒风关在车外，心里很暖和。约三分钟后，司机将车开到一个水果市场大门前。一会儿，两个领导钻进来，都对我表示祝贺。我正感到很亲切，心里更暖和，就发现车窗外还有一张脸冷冰冰地看着我。原来是本系统一个单位的一把手沈局长，据说他在本市有些能量，这次是我们领导让他来帮忙攻关的。本来他和我是熟人，平时见面很亲热的，但这时他很严肃地对我说："听说你晕车？你坐前面那个车，也许好些！"

他说着，向前一指。我一看，就明白了——前面是一辆陈旧的北京吉普，我们这辆车则是崭新的桑塔纳，而他是正科级，我只是个年轻科员，自然应该他坐新桑塔纳，我坐旧吉普。

我钻进旧吉普，才知这是镇长的专职坐骑。前面坐着镇长和一个年轻司机，后面一排只有我，很宽敞，正合我意。我确实晕车，刚调整好坐姿，车就开了。一两个钟头后，天已黑定，车灯亮起来，司机向我身后看看，骂道："妈的，又开了！"

顿时，我明显感到后脑勺凉飕飕的，转头一看，原来是后车盖开了。司机下车到后面看看，绝望地说：完了！

镇长问："怎么啦？"

司机答："您的一袋苹果只有一半了！"原来，车已老旧，后车盖的车栓早就有问题了，刚才爬了一会儿上坡路，又经过颠簸，车盖就开了，里面的一袋苹果已滚了一半出去。镇长看看，又极目远眺，没发现什么，就淡淡地说："掉了就掉了。等后面的车跟上来，我们再走。"

约5分钟后，后面有车灯照来，车速很慢。车旁一个人影正在地上捡什么。又过了约一分钟，他们跟上来。正是我单位的桑塔纳。那个人影是沈局长，他大叫："你们的耳朵都长眼睛上面去了？我们喊了这一会儿，你们都听不到！苹果掉了好多，有的摔坏了，有的滚到路边去了，害得我一路跟车捡，才捡回十个！"

原来桑塔纳上面的两个领导，一个是副县级，另一个虽是正科级，但是本系统党委负责人之一，因此捡苹果的艰巨任务就义不容辞地落到沈局长肩上。这时，沈局长走上前，关切地问我："群山，你的后脑壳有些冷吧？"

我答："是。"

他说："那你还是和我们坐在一起好些！"

我说："不！这样就很好！"

他问："两个领导也是关心你的，对不对？"

我答："对。"

他说："那你和我们挤一挤，领导不会介意的！"

说着，他不由我分说地将我硬拉到桑塔纳上。汽车又启动后，他就一直紧张地伸长脖子，目光透过前面司机和县级领导两个头之间的空隙，紧紧盯着前面旧吉普的后车盖。说也巧，不知又爬了多少上坡路，北京吉普的后车盖一次也没有再“自动”打开过，也许是刚才年轻司机采取了我单位老司机传授的得力防范措施之故。这样，我就失去了光荣地为镇长捡苹果的机会。

车子回到平稳的县城地面时，沈局长终于松一口气，立刻对我亲热起来，说：“祝贺你获奖！”

我笑笑对他说：“也祝贺您荣获了十几个苹果！”

其他人哈哈大笑。沈局长也微微一笑，说：“到底是有为的青年作家，说话有意思，有意思！”

是啊，真有意思。

尴尬的午餐

我痴迷业余文学创作，有时也写点新闻。这天，县某检查团要下乡到某镇检查工作，请我这个编外记者随团采写新闻，我们一行5人挤进一辆小车，直驱某镇。团长告诉我们，该镇有个奇特人物，姓陈，名赋，出身于当地农家，师范毕业后回乡在镇中教语文、音乐、美术，很有文艺才华，因犯罪而被判重刑，前几年刑满释放后回到老家务农，一人孤零零地生活，不喜种地，整天在镇上游荡，一旦听说哪个餐馆里有人正在公款吃喝，就去做记录，往往搞得食者很尴尬……

一路闲谈，不知不觉间，我们来到镇政府，在镇党委书记、镇长、党政办主任的陪同下，召集有关人员开了一个短会，然后驱车到有关地方转了转，最后回到镇上，就到了午饭时间。书记、镇长、主任等邀请我们去吃一顿便饭。我们确实饿了，也不怎么推辞，就浩浩荡荡开进镇上最豪华的酒楼。酒菜水陆杂陈，很丰盛，根本就不是便饭。一会儿，两桌人即海吃海喝，酒酣耳热，笑语喧哗。正在这时，一个四五十岁的男人走进来，一副当地农民打扮，一双眼闪闪发光。他大剌剌地坐在宴席边，慢吞吞地掏出一个笔记本和一支圆珠笔，看看书记，写几个字，又看看镇长，又写几个字，再看看主任，再写几个字……

不用猜，他就是怪人陈赋。自他进来，镇里的十四五人即沉默下来，书记、镇长当即冷了脸，主任则一脸无奈。客人们自然也食之无味。他则一声不响地将镇上的大小官员看完，写完，然后看看县里五人，即问我："这位先生，尊姓大名？"

我说过自己的名姓。陈赋的眼睛猛然一亮，点点头，说："原来是你！本县搞文学创作的，我只佩服你一个，你是真功夫！既然有你参加，这次吃喝我就不记了！"

说着，他将本子上刚才记的那张纸撕下来，揉皱，随手放进上衣口袋。立刻，两桌人的脸上都解冻了，露出死里逃生般的笑容，又活跃起来。我当即将老陈拉入座，让服务员添了一套餐具。我俩边吃边喝边聊，我发现老陈对文学、书法、美术创作现状一直很关注，而且有自己的看法。这在乡下很难得。

酒足饭饱后，我恬不知耻地对陈赋说："老陈，谢谢你今天给我面子，但我有个疑问——既然你对公款吃喝如此深恶痛绝，为什么今天有我就不记了呢？"

一时，陈赋愣了。愣过，他就掏出那个纸团，展开，又记起来。我伸过头去看。陈赋在那份名单后添上一行字迹：

陈赋、县里五人（含群山，其他四人待查）。

他边将名单收拾好，边逃也似离去。眼看他匆匆离去的背影，我心里很不是滋味。后来，每当遇见类似请吃的情形，我都千方百计婉拒，宁愿自己花钱吃饭，以图心安。因为，每当这时，我就会想起老陈。

怕钱

万金来到街上，走到一个地摊前。地摊很简单：水泥地上一块红布，红布上几个盒子，红盒子里装着“中国熊猫银币”。一个中年男人是摊主，一只眼盯地摊，一只眼盯行人。

万金随手拿起一个红盒子，不料“银币”掉出来，落下地。摊主迅即将“银币”拾起，立刻指出“银币”外面的塑料壳破损了。万金看看，点点头。摊主又从破损的塑料壳中掏出“银币”，指着其中边沿的一处凹痕，说这是万金刚才摔坏的，又说“银币”很贵，要赔。

万金仔细看看“银币”，发现它表面处处凹凸不平、图案也有些模糊不清；又接过去，掂掂，很轻。他心里有了底，就说，如果这真是“银币”，外面又有保护层，从一尺高处掉下地绝对摔不坏。

摊主说：“已经坏了，这是事实，你赔100元吧，本来要100元加100元的，看你也没钱，就100元算了！”

万金说：“好，我赔，我们去银行或消费者协会鉴定后，我照价赔偿。”

摊主不去，说这耽误他做生意，非要万金拿出100元买下“银币”。

他俩争执不下，引来很多人围观。万金火了，在不怎么体面的西装口袋里一掏，就掏出厚厚一叠钞票，说：“你不就是想要钱吗？老子偏不给！”他又对围观的人们抱抱拳，“哪位哥们儿出面帮我修理修理这位要钱的先生，这1000元就是这位哥们儿的了！”

几位虎头虎脑的小伙子跃跃欲试。摊主赶紧跪下，给万金求饶。万金不屑地看了他一眼，丢下1元钱，说：“这是赔壳的钱。”边抽身离去，边丢下一句话：“要钱不要脸的人，竟然怕钱！”

如此朋友

凌晨5点多，月光如银泻地。在千丈崖腰间的盘山公路上，久贵驾驶的私人小货车摇摇摆摆地奔驰着，如醉酒一般，车灯乱晃。突然，货车甩出跑道，像一片落叶，坠入深渊。一声巨响，车毁人亡。叶落归根，久贵却粉身碎骨。

事后，经有关部门检测，久贵尸身中的酒精含量高得惊人，显然系酒后驾车，自取灭亡。久贵的老母、爱妻、小女均悲痛欲绝。悲痛之余，她们怎么也弄不明白：平时，久贵临出车前是从不沾酒的啊，怎么会因酒丧命呢?

只有一个人明白是怎么回事。他是久贵的一个朋友。这个朋友是生意人，那天晚上做成了一桩大买卖，狠狠赚了一笔，高兴得无救，正兴奋莫名，就遇见了久贵，遂热情万分地邀请久贵去他家喝酒。久贵不去，他想出车。夜里来去的车很少，安全。可朋友说：“赚钱就像打哈欠，是会传染的；我这么走运，你今天跟我去喝了酒，保你这几天赚大钱!”

这话正中久贵的下怀。久贵的车是最近举债10万元新买的，刚刚赚回成本的一点零头，他想早日还清债务啊。于是，半推半就间，他被朋友硬拉到家里。朋友的妻儿回娘家了。朋友炒得一手好菜，当即下厨整了一桌水陆杂陈的佳肴。几小时后，一桌好菜全被二人消灭得干干净净，两瓶五粮液也全都下了肚。朋友去睡觉，久贵去出车。一会儿，久贵就稀里糊涂地去见了阎王，给他的老母、爱妻、小女留下了10万元的巨债。

那么，笔者是怎么知道的？笔者乃久贵的那个朋友的酒肉朋友，一次在酒桌上从那个朋友口中听说了这个故事，为警醒世人，是为记。

钱的故事

我是本市文化报编辑，这天编稿时，收到一则从故乡小城传真过来的新闻：

拾金不昧　但要回扣

日前，我县青年作家达言拾金不昧，却要回扣，让许多人感到难以理解。

上个月4日黄昏，在我县县城街道上，散步的达言无意之中拾到一个钱包，内装现金数万元，历时月余寻找失主，仍未找到，遂上交有关部门。他声明：找到失主后，将索取回扣数千元，理由暂不透露。

这个达言，是我的朋友。这一个月来，我关在家里写一部中篇小说，没有关心身边事，没想到就有事了。达言拾金不昧，是学雷锋做好事，为什么还要回扣呢？我感到好奇。明天我要回家乡办事，正好顺带将这事弄个水落石出。

翌日，我回到故乡小城，找到达言。相互寒暄后，我提出疑问。他答："捡钱后，为找失主，我写信到电台，在报上登广告，还多方打听。不久，陆续来了不少失主，但他们都说不清具体数目，明显是骗子。为摆脱他们的纠缠，不知花费了我多少神思。哪知一个多月了，真正的失主还不来，我就把两万多块巨款上交了。这个失主也太不积极主动了，累得我为他奔波一个多月，他还没个影儿，因此我要在找到失主后索取劳务费、广告费两千块。"

我问："这两天找到失主没有？"

他答："昨天刚找到。是个大款。"

我羡慕地说："那恭喜你发了一笔小财！"

"我没那么下贱！"他愤愤地说。

"此话怎讲？"我惊奇了。

他答："那是个脑满肠肥的家伙，见了我，就说当时——上月5号早上，他发现掉钱了，赶紧沿回头线找了一遍，没找到，想想这两万多块，对他来说只是个小数目，对有些人来说却是天文数字，如果有人捡去，一定不会归还，因此他没有进一步寻找，随后到外地出差了，前天回来后才知钱找到了。他说着，拿出一沓钱给我，说是一万元，是谢礼；还说这样我和他就两清了，谁也不欠谁。我说我只要应得的两千。他不干，说看我穿的这身衣服我就不像个作家，让我拿钱添件像样的衣服。他说着硬往我手里塞钱。我心里很不舒服，一巴掌将钱打落，转身走了！"

"为什么？"我问。

"让他晓得世上还有不像他那种只认钱的人！"他答。

我沉默了。还能说什么呢？只有佩服的份儿。

“宰”老外

这个春天，镇上做小本生意的方老太很兴奋，逢人就说，她将老外“宰”了，还是老外宁愿“挨宰”的。

原来，这天上午，方老太在某厂办公楼前卖樱桃，一个金发碧眼的老外从楼里走出来，指指她的樱桃，说了一句洋话。方老太知道他是厂里聘请的外籍工程师，明白他这是在问樱桃的价格，就告诉他：“10元！”

老外摇摇头，表示听不懂，方老太伸出右手食指，说：“就是10个1元！”

老外笑了，点点头，表示听懂了，却掏出一张面值100元人民币递给方老太，然后拿起一杯樱桃就走。方老太愣一愣，醒悟后想叫住老外，但没叫……

方老太说完这个故事，结论是：听说外国佬每月的工资比我们自己国家的工程师的工资要多几百块；他能狠“宰”我们，我也可以狠“宰”他！

方老太后来将这个故事告诉了我。我说：“人家外国的知识分子不远万里，来到中国，离开了父母、妻子、儿女，帮我们搞经济建设，是做出了牺牲的，我们应该给他开高工资呀！”

方老太想了想，说：“我再见到那个外国佬，一定把90元找给他！”

遭遇骗子

前不久，我回乡下的老家过年；临回城时，一个堂兄交给我一些钱，让我帮他还给与我同住一城的覃家表哥。因我不认识覃兄，故堂兄仔细说了覃家的住址。

这天中午，我打听着来到覃家。门开着。我走进去，只见客厅里的沙发上仰躺着一个大约 40 岁的男人。他正在酣睡。我摇醒他，问：“您是不是姓覃？”

他半睁一只眼，懒散地点点头。我又问他，我的堂兄是不是欠他的钱。他的双眼都睁开了，肯定地点点头。我正要掏钱，就见他兴奋地坐起来，不禁心中一动，问：“是多少？”

他答：“千把块。”

数目不对。我立刻手指他的鼻尖，严厉地斥道：“钱不是你的！你是骗子！”

他立即重新躺下，闭上眼，还似乎睡意浓浓地发出鼾声……

我当即转身向外走。迎面进来一个中年男人。他问我找谁。我说找覃兄。他说他就是。我问我的堂兄是不是欠他的钱。他说是的。我问是多少。他说两百块。数目对上了；我松口气，放心地将钱数给他。

后来，我听说，那个骗子与覃兄沾亲带故，那天正去覃家拜年。而且，其祖其父其弟均因行骗而被绳之以法。我不禁感到庆幸——好在我堂兄不是欠覃兄1000元，也好在当时我多长了一个心眼儿。

真不好说

这天上午，妻子肚子疼起来。我与妻子将 3 岁的儿子送到我堂姐那里，就去了县医院，挂过号，走进内科。一个二三十岁的男医生仔细问过她的情况，就让她仰躺在诊床上，右手食指深深按在她肚子上，然后猛然一收手，问：格外疼吧？

妻子答："很疼！"

我心想：就是在我这个健康人肚皮上这么来一下，我也会感到十分疼痛……

我正这么想着，就听医生说："先去化验室做个血象检测一下。"

花去 20 元人民币，妻子做了血象。青年医生仔细看过检验结果单，说："哎呀，有几项有点高，说不定是阑尾炎，得让外科看！"

说着，他就亲自将我们引向外科，并详细向一个 50 余岁的男医生说明了妻子的情况才走。他高度负责的精神弄得我很感动。老医生也很负责，他边让我又去挂了一次号，边认真地看检测单，然后说："很可能是阑尾炎，但也不排除是妇科病，因此先得去看妇科。"

说着，他也弄得我很感动地亲自将我们引到妇科，并详细向一个三四十岁的女医生说明了妻子的情况才走。女医生立即让我第三次交了挂号费，同时让妻子做尿检。一会儿，她认真看了检验单，说：没有什么大问题，但不能排除是附件炎，不过要等外科确定是不是阑尾炎后才能确定。

说着，她也弄得我第三次很感动地亲自将我们送回外科，并详细向老医生说明了她检查的情况。但她在将要回妇科时说的一句话不让我感动了，而是让我很激动。她对老医生说："你外科收不收这个病人？你不收我就收。反正收下！"

我到县医院来过多次，知道"收下"的意思就是"住院"。她"反正收下"的话让我想起发生在这里的一个故事：四五年前的一天早上，我读职高安保班的外甥练习踢腿时，不慎倒在地上，摔得脖子歪着扭不过来了。我闻讯赶紧陪他上了县医院，先是内科一个医生让他花45元照了X光，然后也在他肚皮上使劲一按又突然一松，问过他"格外疼"后，就亲自将他送进外科这个老医生手上。老医生也在他肚皮上一按一松，问过他"很疼"后，就立即让他住院观察。我急了，因为我知道对医院医生最划算的就是病人"住院"，尤其是还做手术，一住一做就是好几千元；我外甥家在农村，经济很不宽裕，数千元对他家而言是笔"大款"。再说，外甥极有可能就是踢腿不小心扯伤了肌肉，照X光也没发现什么大问题嘛。于是，我跟老医生商量，先给外甥开几天药，吃着观察观察。老医生威严地说："你负得了这个责吗？"

我连说"没问题"。老医生看我很坚决，只好一边开药一边叮嘱我："如果有情况，立刻就来住院啊！"

我们回家后，外甥吃过药，我就让他休息。但他不干，宁愿歪着头，也要看电视，一直看到晚饭后，脖子竟然扭过来了。两三天后，他就康复了，直到现在也没什么问题。

我正想起这事，就听见老医生对女医生肯定地说："我收，我收！"

我心里那个气呀：哦，也不问问当事人，也不问问我这个一家之主，你们说收就收呀！

但我不能发火，因为谁都不敢打保票以后不患病。为了以后不犯在医生手里，我语气平缓地问老医生："是不是已确诊她是阑尾炎？"

他答："没有。"

我又问："那怎样才能确定呢？"

他答："要等做了手术、开刀后才能确定是不是的。"

我还问："照 X 光看不看得出来？"

他答："不能。"

我是大专生，知道阑尾是人体中一截多余的东西，即使没有发炎，做手术割掉了，也不会对人体有多大影响；只不过，如果没有发炎的话，白挨一刀对它的主人不划算——既要"出血"，又要出钱。妻1996 年就下岗了，我的钱并不是多得没地方用，为了我并不宽裕的家境稍稍宽裕些，我只好和医生打商量："能不能先开点药观察观察？"

老医生严肃地说："阑尾炎不像别的病，一拖就很不容易治好了，最好的办法就是一经发现赶紧住院做手术！"

我下定决心说："无论是阑尾炎，还是附件炎，先消炎总不会错！先给她消消炎，如果情况不好，我就赶紧将她送来住院做手术！"

我同时想：我说的应该是常识。

果然，老医生不再坚持了。他给开了三天吊针药。等妻子去输上消炎药液，我就先回去接儿子，一路上心里忐忑着：万一妻子是阑尾炎呢，岂不将她耽误了？

我来到堂姐处。堂姐关切地问过妻子的看病经过，说："你是对的！前年我弟弟肚子疼得在地上打滚。我赶紧把他送到县医院，也是请外科那个老医生看的，当时就确诊他是阑尾炎，要立刻住院做手术。但我考虑到他后天就要结婚，就让医生给他开了三天吊针药。他一边输液一边结了婚，到今天屁事没有！如果他当时不要结婚，就会上手术台，好险啊！"

堂弟的婚礼比较热闹。我亲自去送了“恭贺”。他刚打完吊针就举行仪式的情景，今天想起来我还记忆犹新。我心中的石头落了地，不再为妻担忧了。果然，妻输过 3 次液，又吃过三五天药后，就彻底好了。

后来，每当我和人们说起这些惊心动魄的就诊经历，人们几乎都要评论说：“这哪里是治病，完全是做生意嘛！”

是啊，那几个医生到底是不是医生，还是奸商？他们究竟是治病救人的白衣天使，还是披着圣洁外衣的肮脏骗子？如果医生都是这样，以后谁还敢就医?!

还真不好说。

乞丐竟有手机

2003 年夏天，我到南方某城出差。中午时分，碧空如洗，太阳贼亮。我正走在街上，就有一个汉子拦住我。

这么热的天，别人都身着薄如蝉翼的夏装，这个汉子上身却穿一件脏兮兮的涤卡中山服，黑红的脸上直淌油汗。

说也怪，这时我俩周身竟没有一个行人，可能人们大都在家午休，更可能是在家躲避非典侵袭的缘故。我以为碰上坏蛋了，脑中正急急想办法，就见他竟跪在我面前，他鸡啄米似的叩头，有气无力地哀告："先生，行行好吧！我已经两天没吃东西了！"

他高高大大，竟匍匐在瘦瘦弱弱的我面前，可见实在是走投无路了，才出此下策。我顿生怜悯之心，情不自禁地从口袋里掏出一张面值 10 元的人民币递给他。他一边站起来，一边千恩万谢地给我打躬作揖。

突然，嘀嘀嘀，嘀嘀嘀，有什么小机器在急叫。我从腰间取下寻呼机看看，发现根本就没信息。怎么回事？这时我俩身边只有奔驰的车辆，没别人呀，真是大白天见鬼了！我正不明所以，就看见大汉撩起衣襟。他竟从腰间取下一部仍在响个不停的手机，看看，随即红口白牙地笑对我说：“是我的!”

说着，他打开手机，通话。

乞丐竟然配有手机！我感到惊奇，愣一愣，就听见他兴高采烈地说：“我就来！你可要准备几瓶冰好的啤酒啊!”

他关上手机，看我疑惑着，就满眼含笑地解释说：“有人请我吃午饭!”

说话间，他脱掉脏兮兮的中山服。露出里层光鲜的红 T 恤，很气派地拦下一辆的士，上车疾驰而去。

一时，我又愣在毒日头下，心中却冰凉冰凉。

年俗的滋味

到广东打工后回家过年的外甥告诉我这样一件事——

去年正月，他所在的公司开工这天，老板驾驶戴着红绸花的座车，来到公司大门口。值日保安赶紧打开电动门，但像平时一样，只开了一半。老板驾车转身即走，后停在不远处，又面向大门。我外甥走过来，对值日保安沉痛地说："你玩儿完了！"边说边将大门全部打开。老板见了，立刻将车开进大门，下车后，对向他敬礼的值日保安没有理睬，却笑吟吟地给其他围上来向他问好的人分发红包，多给了我外甥100元。

翌日，老板将那个值日保安叫去，说："你去财务室结完账，不必再来上班了！"

我外甥送那个值日保安走时，看其还是一脸茫然，就指点说："开年第一天上班，人家老板想来个开门红，你却只给他开半扇大门——你不走人谁走人？"那个值日保安恍然大悟，但为时已晚，只得凄惶而去。

听过这个故事，我想了许久，五味杂陈，最后只好认为：你是否明白年俗的重要？如果不晓得，就会尝一尝苦涩的味道。反之，如果你明白年俗的重要，就会尝到甘甜的滋味。

了解年俗，尊重年俗，就是尊重自己。

和乞讨者一起过年

刚进寒冬腊月，我们小城里就来了一个乞丐，在街上捡烟头抽；在垃圾桶里寻衣服穿，找食物吃；坐在超市门前的台阶上，闭眼听音乐，摇头晃脑，一副陶醉样子。开始，他脸色红白，留一撇一字胡，倒还干净整洁，渐渐就破衣烂衫，成为一堆移动的垃圾；年轻力壮，不知如何沦为乞丐的。我做梦都没想到，我家会与他一起，度过一个难忘的大年。

腊月二十八上午，我上街买菜归家的妻身后，跟上来一只发嗲的小猫，毛色黄白相间，本来是个漂亮坯子，却不知被谁残忍地打瞎一只眼，也不知被谁残酷地烧掉一大片毛，怪难看、怪可怜的样子。这几天，我见过这只让人印象深刻的猫。我家高，住在这栋宿舍楼的顶层——5 楼，而这只猫就在下面 2 楼楼道旁的一个简易柴房内安身，里面有一只碗。今天，小畜生见我妻子提着鱼肉，就“喵喵”叫着讨好东西吃。喜猫的妻子顺手给它一块。它三口两口吃完，立刻就跟上来，还得寸进尺，想挤进我家门。它实在太脏、太难看了，我们自然不会让它进门，但我喜爱动物的儿子又给它不少美食享用。它吃饱后，竟然乐不思蜀，再也不回2楼，而是更上一层楼——爬上顶层的楼梯间安营扎寨。我家对门的邻居在那里堆满了杂物，正好为它营造出一个安乐窝。

这几天，我邻居回乡下老家过年去了。它想得倒美——可以就近向我家讨食。事实证明，它这着棋走得对——它只要在门外一叫唤，我妻、儿就出去，给它食物。

晚上11时许，我儿子已睡熟；妻子有一会儿没听见猫叫，就出去，想看看那只猫怎样了，站楼梯口，用手电筒向那堆杂物一照，却照见两只人腿。她脑中一炸，不禁大叫一声："哪个?!"就听一个陌生人说："您尽管上来，不要怕！"原来，竟是街上那个新来的乞丐坐在杂物上，怀里抱着那只猫，在相互取暖。

我们这栋住宿楼已建起近30年，在小城属陈旧一类，住房房间少而开间小，门的设计也多而不合理。要命的是，整幢楼连个大铁门都没有，更不要说物业和保安了。我妻常常抱怨：客厅太小，在里面往往要扁着身子走路；饭厅狭小，来个客都坐不下；卫生间也窄，如厕就像顶着一件衣服；在顶层阁楼，自建个杂物间（其他地盘被其他住房瓜分），却要进出3道门；总之一句话，住着真不舒服！

且说这时，那个乞丐可能以为我的妻子要上去开锁，进阁楼取东西，因此那样从容地言说。哪知我的妻子脑袋都被他吓得疼起来，不禁大声呵斥："走！"他赖在那儿没动。我的妻子大怒："快走！你再不走，我就报警！"

我正在上卫生间，听见吵闹，立刻大声问："怎么回事?!"妻高声答："谢群山，快来！一个讨米佬在楼上！"我说："我就来！"同时，听见一串急促的脚步声下楼而去，夹杂着数声猫的尖叫。

我向妻子问明情形，感慨地说："这天寒地冻的，他们在那上面过夜，无铺无盖，只有坐的杂物，只能稍稍挡挡风，很可怜，再不要赶他们了！"我说的，自然是那两个乞讨者。

翌日即是除夕，我上午起床，出门贴春联，一眼就看见4楼到5

楼的拐角处，有一摊水，被寒风吹过来隐约的骚味。那么大一块，绝对不可能是猫所为，肯定是那个该死的叫花子夜里又上来干的！其实，下楼后，马路对面就有一条河和一个垃圾屋，尽可方便。他居然懒得不愿走那么几步路，还给提供方便的人家带来恶臭，真是连畜生都不如！大过年的，真晦气！而且，妻的头还在疼，我不禁大怒，决定夜里再不让他上来安坐，看龙年春节联欢晚会都时时竖着耳朵，细听楼梯上有没有可疑的脚步声。本栋楼9户人家，有6户不在此过年，除我家外，仅2楼、3楼各一户，如楼梯上有异动，比较容易就能听出来。

春节凌晨1时，全城“开天醒”——迎新年的鞭炮声终于止息，儿子上床，很快入睡，但我和妻子没有休息，而是关了灯，静坐在客厅，等待那个很可能出现的脚步声。果然，约15分钟后，那个脚步声一路升上来，在我家门外还响起打火机的声音；然后，楼上那只猫也亲热地叫了几声。

我和妻子猛不丁打开灯，出门。我刚走到楼梯边，就听妻子愤怒地高叫：“下来!”我用手电光向上一扫，就看见了那堆可移动的垃圾，严厉地说：“滚!”他仍赖着不动，请求说：“您就让我在这儿坐一夜吧!”我说：“给脸不要脸，你让人年都过得不舒服！滚!”他不再坚持，起身下楼，手提一个鼓鼓囊囊的黑布袋。

猫跟下来，在我脚边发嗲。我对它狠狠说：“你也滚!”

我的妻子警告那个乞丐说：“大过年的，不跟你计较！以后，你不要再来了！去找个没人的地方住，免得让人不安生!”他正走到那摊水边，听到这话，不耐烦地踢了一下又跟在他脚边的独眼猫。我又严厉地对他说：“如果你再来，就要你把你撒的那泡尿舔干净!”

我故意说得如此恶毒，是为他不再扰乱我家的宁静。

春节上午，我上楼查看，没再发现那个乞丐的迹象，但那只乞讨的猫还睡在那儿，且那摊水上又多出些许猫屎，臭烘烘的。大过节的，真晦气！没办法，看来连它的这个据点也要端掉才行。于是，我给邻居打过电话，说明情况后，把他家楼梯间的杂物全部搬进顶上的阁楼，又将地面打扫得干干净净。果然，那只猫“自动”搬回2楼居住。

我的妻子不再头疼。我家终于安宁。在一片温暖祥和的过年氛围中，我松口气，心上深有触动，不禁对妻、儿感叹：“和那两个乞讨者相比，我们真幸福啊！”

我的妻子和儿子深深点头：“只要有家，就是舒服！”

黄勇之死

黄勇非人，而是一只雄猫。

几个月前的某个星期天，我和妻在家听见外面有“喵喵”的叫门声，打开门，就看见一只黄皮寡瘦的小猫站在门前。它目中泪光闪闪，怯怯地向我俩打量。妻喜猫，当即“咪咪”地唤。小猫迟迟疑疑走进我家。以后几天，我们给它好吃好住，它就与我们亲近起来。我们陆续发现它身上有结了血痂的伤口十多处。看来它是逃出来的，可能是受不了主人（多半是常怀恶意的小孩）的虐待，遂投奔高住在五楼的我家。我认为这是一种缘，更为它寻找自由的精神而感动，于是妻问我给它取什么名字时，我说：“它是黄色的，就姓‘黄’名‘勇’吧——它实在很勇敢！”

于是，这只大约三四个月的小猫有了名字。黄勇非常调皮，常常和我们逗闹，看着它欢喜的样子，我们哈哈大笑。随后，它身上的血痂开始脱落，成为光光的一块，又长出黄毛。渐渐地，它个子长了，粗了，眼睛晶亮晶亮。我和妻常常因此感叹生命的灵动神奇。

前不久，黄勇突然病了，病得不能行走。后来我们知道是它生吃了病猪肝所致。它目光无神，嘴唇乌紫，声音嘶哑，喘息连连。

黄勇死了，活着的我们心里很难受。每当我们想起可爱的黄勇，都要诅咒那些黑心的肉贩子。

黄小咪传奇

黄小咪非人，而是我家的一只雌猫。因其毛基本上为黄色，故我赐其姓“黄”；又因它时常绕在我和妻的膝边“咪咪”叫唤邀宠，故我给它取名“小咪”。黄小咪非名贵猫种，在乡下刚出生两个月，就被喜猫的妻捉进城来享福，以及历险。

黄小咪现已三四个月大，正处于调皮的巅峰状态，惯常走高蹿低，最近喜从一座阳台跃上尺半开外的另一座阳台。因我家高住五楼，故这很危险。与我家同住五楼的左邻右舍各养了一只小猫，均坠楼身亡了。但黄小咪不管不顾，这天黄昏又上去进行这种危险的跳跃运动。妻正在阳台上，一眼见到，赶紧去阻止，哪知弄巧成拙——它在跳跃的一瞬间，猛听一声断喝，不禁迟疑，远不如以往果决，就失足了，径直向下落去。妻迅疾伸手去抓，还是迟了一步，只得俯身，眼睁睁看着它落下去。在半空中，它被一根晾衣绳绊了一下，然后落到地面的污水沟里。接着，妻听见下面传来声声嘶哑的惨叫，就再也不忍听，再也不忍看。

这时，我正好下班回到家，闻讯跑下楼，来到污水沟旁，既不见黄小咪的踪影，也未听见它的叫声。我睁大眼睛仔细搜寻，还是没看见它，正茫然不知所措，就看见一堆乱砖撑起的预制板里面有一个黄色的小头颅，赶紧过去捧住，并掏出一个温软的小身体。正是黄小咪，它四肢和嘴筒子都被污黑的沟泥糊住，目光无神，了无生气。我捧着它，赶紧回到五楼，刚进门，就听见它叫出极其嘶哑的一声，并看见些许泪水从它微红的眼中流出。一时，我和妻心痛如刀绞。

我和妻抱着“死马当活马医”的想法，将黄小咪清洗干净，又将它放在床单上，并置于烤火炉边烘烤。它软软地伏在上面，一动也不动，只有半闭的眼偶尔努力睁开，表示它还是一个活物。我和妻都无心食用刚做好的饭菜，静静守候在黄小咪的身旁。

黄小咪刚来我家时，还没有一巴掌长，眼为蓝褐色，晶光闪闪，像两颗怪怪的宝石；额头高高凸起，很像寿星佬大大鼓鼓的前额。一见到这绒球似的小咪，我就喜欢上它了。但它不吃猪肉，仅吃米饭和红苕，吃了就千方百计藏起来，一次藏到一个小纸盒里，让我们找了好一会儿才找到。刚来，就给我们一个下马威，让我们真真切切尝到了“藏猫猫”的滋味。

共处一夜后，黄小咪与友善的我们渐渐亲近起来。但它不逗不闹，显得很冷的样子，总往我们怀里钻。要知道，才到秋天，并不冷啊。我们很失望，认为它不正常——作为宠物，它的第一事业应该是好玩儿；作为动物，它的第一事业应该是贪吃；它一条都不沾边。看来，它是一只缺乏情趣的猫。

可不久，形势就大大改观，证明我们想错了。那是我们吃炖牛肉时，黄小咪刚刚闻见气味，就急不可耐地一改往日文静的模样，几乎是“抢”走了一块牛肉，津津有味地吃。我们故意碰触它，它就边吃边“呜呜”叫着示威，直到吃饱了，才不再现出这种丑态。我们很高兴，又买了几次牛肉给它当饭吃。它渐渐变得活跃，时不时离开我们温暖的怀抱，这里抓抓，那里刨刨，还和自己的尾巴闹别扭，转着圈儿抓咬。

后来，我们发现，鸡肉才是黄小咪的最爱。每次，它将鸡骨头都啃吃了。自从吃了鸡肉后，它可不得了了——开始和我们逗闹，时常将我们的手抓出道道血痕。我们受不了了，就给它买回一个黄色乒乓球，让它踢来踢去，弄出“扑扑哧哧”的响声。我们称之为“黄小咪踢足球”，并得到一种不亚于观看世界杯赛的快乐。

这时，已烤干的黄小咪静静侧卧在妻的怀里，一动也不动……

第二天是星期六，我们在家。上午10时，黄小咪突然抬起头，睁开变得有些神采的眼睛。我和妻一阵惊喜，赶紧喂它鸡肉。可它宁愿将头艰难地移过来移过去，也不吃。我和妻心中刚亮起的一线光明又黯淡下来，眼看它又软软地伏下头睡去，心情无比沉重。好在中午时分，它又一次醒来，竟摇摇晃晃站起身，并努力伸了一个懒腰。我们赶紧又喂它鸡肉，它竟吃了点，又沉沉睡去。我和妻笑了，心想它不要紧了。果然，吃晚饭时，它醒来，挣扎下地，一跛一跛地走进它的专用厕所——一个盛满灰土的盆里，小小方便了一次。

星期天早上，妻欢喜地告诉我，躺在她怀里的黄小咪咬她的手了。这是小咪逗闹的方式之一。我们认为它真的不要紧了，心头一轻松，就理智地推断出它大难不死的原因：那根晾衣绳和污泥淖的缓冲作用，免去了它和水泥地面硬撞的危险，使它得以幸存。黄小咪的迅速康复证明了我们这一推断的正确性——这天晚上，它开始大嚼海喝，并大大方便了一次。

真是感谢那根晾衣绳和那以前我们极为讨厌的污水沟！

翌日，黄小咪又开始努力地走高蹿低，只是再也不跳阳台了。几天后，它完全康复，只是稚嫩的眼神似乎平添了一份成熟，仿佛在告诉我们一个启示——

珍爱生命。

雨中的伞

下班了，我走出办公楼。天上下着雨，滴在我颈上，冰冷冰冷。幸好我带着伞，于是撑开。我走到大院门前，看见一队八九岁的小学生路过。花花绿绿的小伞，云朵一样从我眼前飘过，飘过……

猛然，稍远处一个不和谐的画面映入我的眼帘——一个高瘦的黑长脸男孩背着一个大书包，手中空空。他的头发全湿了，衣服已湿一半，一脸孤苦无助的神色。而他周围的孩子们都各举一把小伞，边走边三三两两凑在伞下叽叽喳喳地又说又笑，有的还不时动手动脚地欢闹。他们，竟然都无视那个无伞男孩的存在。顿时，我的心痛了……

在我神思恍惚间，那个男孩已寂然地走到前面，我赶紧几大步追上去，用伞遮住他。他吃了一惊，抬头看我。我说：“小朋友，让我送你回家，好吗?”

他点点头，明亮的双眼里充满热泪。这时，他身旁的一个小女孩立刻不与同伴们说笑了，转头认真地问我：“叔叔，为什么送他?”

我答：“雨可以淋湿头发，但不能淋湿爱心。当别人需要帮助时，你不去关爱；当你需要帮助时，别人会来关爱你吗?”

她想想，说：“叔叔，让我送他回家吧。”

我笑问：“为什么？”

她答：“因为他是我的同学。”

我很欣慰，点头表示同意，心里说：大人应该做孩子的榜样。

我目送一把小花伞下的两个小人儿亲密地渐行渐远，竟听出滴在伞上的雨声宛如一首歌……

奇怪的早餐

星期一，在县实验小学读二年级的儿子放学回到家，愤愤不平地告许我："爸爸，小雅她浪费粮食！"

儿子读一年级时，学过古诗《悯农》"锄禾日当午，汗滴禾下土。谁知盘中餐，粒粒皆辛苦"后，就对浪费粮食深恶痛绝。这是好事，我巴不得他有这样的态度。这时我很重视，就问是怎么回事。

经过他的诉说，我知道了事情的来龙去脉。原来，今天早上，儿子到学校旁的饭馆里吃早饭时，刚巧遇到同班的女同学小雅也在那里"过早"。他发现，小雅买了许多早点，却只吃一小半，将大部分都倒进了泔水桶。

我认为，小雅本以为自己能吃那么多早餐，于是买了那么多，真正用餐时却发现吃不完，却又不能"退货"，只好把剩下的倒掉，以后她知道了自己的饭量，就不会买那么多了。

哪知，星期二中午，儿子回到家，显得更加气愤，大声告诉我："小雅还是那样浪费粮食！"

原来，这天早上，儿子又在那家饭馆里遇见小雅，发现小雅还是买了许多早点，依然只吃一小半，而将大部分倒掉了。

我想，也许小雅家里很有钱，她故意如此做，以在同学们面前摆阔。我给儿子出主意："你下午去学校找人调查一下，看小雅家里是不是很富裕。"

可是，晚上儿子告诉我，小雅的爸爸是国家公务员，妈妈下岗了，一家人就靠一个人的工资生活。这就让我对小雅奇怪的"早餐行为"百思不得其解了。我只好给儿子出主意："你明天专门去看小雅过早，如果她还那样浪费，你就干脆问她原因。"

第二天——星期三中午，我迫不及待地问儿子："你问过小雅没有?"

儿子哈哈大笑，笑得都弯了腰，还笑出了眼泪。他说："我问过了。难怪你猜不出来，那个原因简直太搞笑了!"

原来，这天早上，儿子故意早早去那家饭馆吃饭，果然等到小雅也来用餐，果然发现她又在浪费粮食，就问："小雅，你每天买这么多早饭，为什么都只吃一小半呢?"

小雅很认真地回答："妈妈说了，我长得又瘦又矮，让我每天吃早饭的时候，一定要把她给我的钱用完!"

斤斤计较

星期六清晨，还未到6点，我就起床，从容洗漱，背上昨晚早已打点好的行囊，身裹黑暗，来到街上，沐浴着昏暗的路灯，直奔县城长途客运站。正值寒冬，虽然刺骨的冷风狠刮我的脸，一如“刀削面”，但我心上却暖暖的，因为兴奋——正实施一项节省路费的计划。

我县属典型“老（区）、少（数民族）、山（区）”特点的国家级扶贫县，财政收入低，公务人员工作津贴比管辖我们的市直低得多，比管辖我们的省直更低，比起许多发达城市则更是天遥地远，但由于交通不够方便等缘故，缺乏竞争，县城日用品物价反比市城区高，甚至比省城乃至发达城市也高得多。如去年，1斤普通的大白菜，在全国一些地方5分钱都不易卖出去，在我们这个蔬菜大县的县城却一直没有低过5角。

古人云：家贫百事哀。一个县也是如此——如同一个大家庭。在我们这个穷县，“哀”字突出表现在教育成果不理想。近些年来，由于嫌薪水低，我县教学能力较强的高中教师纷纷“胜利大逃亡”，一些善于钻营的乡镇初中教师则趁机填充，他们自己都往往对所教课程一知半解，不误人子弟才怪，以致我县年年高考成绩在全省排名倒数“老一”，本来按实力可以考上一类本科的考生却常常只能上二本乃至三本；本来就收入低的工薪阶层，常常为独生子（女）的前途着想，不得不咬牙出高价，早在孩子上初中时，就将其送进市城区的民办学校，以取得届时在市城区读高中的学籍。何其悲“哀”也！

我老公是县直一个弱势部门的普通公务员，而我一直没有正式工作，好在我还能靠创作小说“码字”挣点稿酬补贴家用，于是前年我俩也咬牙将独子送进一所私立初中。没料到“屋漏偏逢连阴雨”，去年，我县县城因存在山体滑坡的重大隐患，决定近两年进行避险搬迁，并对随迁干部职工实施优惠购房政策；虽然现在老县城的房子不易出手，但我老公还要到新县城工作一二十年，且这几乎是唯一得“便宜”的“机会”，怎么也要抓住！然而，那可是数十万元人民币的大事，不得不细细掂量掂量。于是，我老公牺牲无数脑细胞——苦苦思索后，决定用公积金贷款在新县城购房。如此，我家的财政状况明显可能捉襟见肘，不得不像我县财政一样精打细算了。这不，这次放星期假，我要去学校看望留校的儿子，就是打算首次去坐一辆市城区的过路班车——以往听与我家情形类似的家长说过，先坐车到市城区边缘，再转车坐2元公汽，可比直达市城区中心的客车少花8元。

我来到车站，购得一张50元的车票，坐进一辆老旧的市城区擦边路车——果然比直达客车少10元。到发车钟点了，车上除一个男司机和一个女售票员外，竟然只有我这个“硕果仅存”的乘客！又耐心等了10分钟，依然如故，司机和售票员不得不灰着脸，发动汽车，来到一个三岔路口，忽然他俩眼前一亮——前面有一高一矮两个黑影招手致意。车停，上来一个矮瘦的中年男人和一个高壮的中年妇女，都冻得脸色通红。他俩是我熟人，是夫妇俩，男为县直某实权局一把手时局长，年纪比我稍小，头发却已白多黑少——过于操心闹的；他妻子也和我差不多，一直没有正式工作。去年，他们的独生女也上了我儿子就读的那所民办初中；这时，他俩也肯定是去看望留校的女儿。我跟他俩打招呼："去看姑娘啊？"

时局长答："嗯。"

他夫人礼节性地反问我："去看儿子啊？"

"嗯。"

说话间，他俩刚坐下，女售票员就迫不及待地收车钱。时局长问："多少？"

"每人50。"

局长夫人急急接话："上个星期六，也是这个时候，我们就坐过你们这路车——不过师傅（司机和售票员）不是你们——每个人只要40！"

"他们是他们，我们是我们！"

"如果不是图比在车站买票便宜，谁在这里提前半个小时挨冻等你们？！"

经过一番讨价还价，他们双方最终以每人45元成交。我在心里默算一下，这一趟，他们夫妇俩节省路费26元；真划算，下次我也来这里等，说不定一趟可少花18元！

我默默划算一会儿，猛然想起一事，不禁试探性地发问："时局，你的车呢？"

时局长明白我的话意——堂堂一个肥单位说一不二的一把手，为区区数10元路费如此斤斤计较，何不趁假日，悄悄开上单位的车去市城区，岂不既方便，又舒服，还省自家的钱？他答："我这是办私事，不用公车。"意犹未尽，顿顿，他又加重语气补一句，"我从不做那样的事儿！"

霎时，在我眼中，他的形象比他夫人都高大起来。同时，我明白，他那未老而先白的头发，也不全是为少花几个路费而操心的缘故。

难怪这两年，虽然我县有一些积重难返的窝心事，但总体状况正不断好转……

啼笑皆非

我们一车人离开景区，原先只顾看风景、相互基本不搭理的人们这时闲了，变得活泛起来，开始交谈。除我外，其他人都来自外地。他们得知我是本地人，当即问我本地有什么名贵特产，我毫不犹豫地向他们隆重介绍了一种在我省排名第一的名茶。哪知，旅游车专程到达路边一家特产超市后，里面竟然没有这种茶，弄得带团导游磨破了嘴皮，他们都几乎不买；我很惭愧，立刻卖力地义务向他们宣传店内其他知名特产，他们依然不为所动。我更惭愧。

旅游车回到城区，从后门进入一个专门的场院停下。本次拼团游正式结束，旅客们鱼贯而下，预备作鸟兽散，但临街的大门却由“铁将军”——铁栅栏中一把大锁封住。我们只好跟着指路的箭头，进入一家更大型的超市，直接走到最近的超市透明玻璃大门，却又打不开，只得克服重重疲劳，忍饥挨饿，穿过一条长长的由百货商品柜台夹出的曲里拐弯的通道。我知道，这肯定是旅游商家与超市商家合谋的一条“苦方”，目的不外是为了多一些兜售商品的机会。

我终于来到大街上，却又遭遇一个热情万分的中年妇女，她试图拉我去住“便宜的豪华宾馆”。我知道她找错了对象，为她早点去拉我周围的外地客，就和气地告诉她：“我是本地人。”

哪知，她立刻翻脸，恶狠狠地对我说：“你脸上又没写字！”

我知道她说的意思是“你脸上没写‘本地人’几个字，害得我来白白浪费口舌”！我本是一番好意，没想到好心不得好报。其实，如果我冷冷地臭不理她，自不会招致恶语相向。

一时，我哭笑不得。

百字幽默

结婚贺词

一个嫁，一个娶，新郎新娘笑眯眯。

亲朋好友来祝贺，一个一个说祝语。亲戚祝其生贵子，同事祝其互和气，朋友祝其共白头。新人笑得更甜蜜。

单位领导总结说："以上意见都同意，希望抓紧办落实。"新人笑容变惊奇。

天女散花

吃吃喝喝真痛快，随手将垃圾扔到车窗外。管它路面好看不好看，只要本人活得自在；管他清洁工累死累活，只要本人显得气派。

我坐车一晃而过，不怕你骂我祖宗八代。再见，Byebye！

敬“老”

“三十岁的老板您请坐，老汉我八十高龄也站着。我的辈分比您高得多，您也不是远方来的客；为啥我给您让座？回答只有一个：您口袋里的票子比我多得多，我的儿孙要在您手下讨生活！”

有其父必有其子

儿子考试仅“10”分，但他知道不要紧——后面添上一个“0”，不就变成“100”分？要问绝招哪里传，他的老子一直这样干——本来成绩只“10”万，偏偏汇报“100”万！

遭遇家教

放学了。课本作业放进书包。再见，老师！再见，同学们！我高高兴兴往家跑。

哪知刚进门，就遇到妈妈请来的家教。唉！整天不能玩一会儿。我的好心情一下就变糟……

爱的价值

男：我爱你！

女：凭什么？

男：凭这颗心！

女：呸！那值几个钱！

男：可我这颗心是金子一样的心啊！

女：你为什么不早说？快把它取出来，给我打一些耳环、项链、戒指！

道　具

某刁钻记者采访著名影视评论家。

记者：时下，X明星大红大紫。您认为，她征服观众的手段与喜剧大师卓别林有区别吗？

评论家：当然有区别——他们各自采用的道具不同。

记者：此话怎讲？

评论家：卓别林大师的道具是让人发笑的绅士帽、燕尾服和拐杖，而X明星的道具则是让人激动的短裤和胸罩。

买一送二

甲：气死我了！

乙：怎么啦？

甲：刚才在街上，我看一个鞋店门口贴着一张“买一送二”的广告，就进去买了一双皮鞋。

乙：那，他们送你什么？

甲：一双鞋带。

乙：啊？！

什么样的衣服

高考后不久，小华收到了某著名大学寄来的录取通知书。小华妈满脸喜色，去服装店为儿子选购新衣服。店主走过来，殷勤地问：您想要什么样的衣服？

小华妈自豪地答：大学生穿的！

爸爸的耳朵

不是故意

3 岁小儿千喜常常和我这个当老爸的逗闹，往往不小心将我弄疼了，就安慰我："我不是故意的，啊！"

我则逗他说："你不是故意，是专门！"

这天，比千喜大一岁的宇宇来我家玩儿，逗闹间千喜不小心将宇宇弄疼了。宇宇很气愤。千喜赶紧安慰宇宇："我不是故意的，啊！"

宇宇立刻高兴了。但千喜接着安慰说："我是专门的，啊！"

顿时，宇宇险些气晕。

跟谁睡

宇宇两岁时，他妈妈常常自豪地说："即使宇宇说错了，都不会说跟爸爸睡！"

他爸爸不服气。这天，机会来了——他妈妈要出差。他爸爸故意在他妈妈临走时问："宇宇，妈妈要出远门了，今天晚上不能回家，你夜里跟谁睡呀?"

宇宇答："跟舅舅睡。"

谁的儿子

这天，近3岁的路路跟他妈妈到别人家里做客。男主人故意逗他，问："你是哪个的儿子啊?"

路路不屑地答："这你都不知道——爸爸的儿子呗!"

长大了干什么

3岁小儿千喜很喜欢动画片《黑猫警长》中的英雄主人公黑猫警长。

这天，妈妈问他："你长大了是当市长，还是当省长啊?"

千喜答："我当黑猫警长!"

妈妈问："你当黑猫警长干什么?!"

千喜答："抓老鼠。"

发脾气

这天早上，千喜感冒了，还在打被子。妈妈威胁他说："如果你再打铺盖，我就不给你买药了!"

千喜听了，很不高兴，发脾气说："如果你不给我买药，我就把药摔坏!"

姓什么

千喜知道妈妈的名字，但不知道他老爸我的名字。这天，有人问他："你妈妈姓什么？"

千喜答："姓邹。"

那人又问："你姓什么？"

千喜答："姓谢。"

那人还问："你爸爸姓什么？"

千喜不耐烦了，说："你这都不知道？爸爸姓'爸爸'呗！"

改　姓

千喜很喜欢看动画片《蓝猫》中的主人公——正直、聪明、勇敢的蓝猫。

这天，妻跟千喜商量说："你以后不跟爸爸姓'谢'了，好不好？"

千喜很干脆地说："好！"

妻十分高兴，说："那你就改姓'邹'，叫邹千喜，好吗？"

千喜说："不！"

妻奇怪了，问："那姓什么？"

千喜答："姓'蓝猫'，叫蓝猫千喜。"

什么都能买

千喜常常要妈妈给他买这买那，这天又缠着妈妈给他买车。妈妈不想买，耐心解释说："那要很多钱，而我没有那么多钱……"

千喜急不可耐地打断妈妈的话，蛮横地说："那就先买钱！"

几只手

千喜对数的概念很模糊，当人问他这些东西是“几”个、那些东西是“几”个时，他想也不想，总说是“三”个。

问：“你几岁了?”

答：“三岁。”

问：“你家有几个人?”

答：“三个人。”

问：“你有几只手?”

答：“三只手。”

喂　鸡

千喜有时不爱吃饭，妈妈就威胁他，说：“你吃不吃？不吃就打屁股!”

这天，母子俩从城里回到乡下的姥姥家。千喜拿着一把玉米籽，口里唤着一群鸡，说：“快来吃！快来吃！不来吃就打屁股!”

赶　路

家里来了客，往往很喜欢我 3 岁的小儿千喜。他们临走时，千喜往往赶他们的路，又哭又闹。后来，妈妈发现了一个对付的法子——在客人还未出门时就提前打“预防针”：“千喜，等会儿客人走的时候，你不要赶路，好不好?”

这时，千喜往往和客人玩得很高兴，自然答：“好!”这样，客人临走时，千喜就不好意思赶路了。

这天早上，千喜跟妈妈说：“等会儿我上幼儿园的时候，你不要赶路，好不好?”

到底是什么

这天晚上，千喜睡了一觉，刚刚醒来，就指着一个梨直嚷嚷："妈妈，我要吃苹果!”

妈妈明白千喜没看清楚，就指着梨问：“你说那是什么?”

千喜答：“苹果。”

妈妈说：“不是的。”

千喜说：“是的!”

妈妈说：“不是的，不是的!”

千喜说：“就是的，就是的!”

妈妈说：“你仔细看看，到底是什么?”

千喜看清楚了，不好意思地说：“到底是梨子。”

他们在干什么

这天，千喜跟妈妈到餐馆里赴宴，见厨师正在给青蛙剥皮，就问："妈妈，他们在给它脱衣服吗?”

胡说八道

千喜最近学说了一个词语“胡说八道”。这天，他兴致勃勃地要妈妈和他玩扑克。妈妈不干，说：“我不想跟你玩，你跟爸爸玩吧!”

千喜很扫兴，说：“哼！你胡说八道!”

"伞"

这天，我教千喜学英语"你是我的儿子"："You are my son. 就是说，你是我的 son（读音和"伞"相同）。儿子就是 son。"

千喜怎么也闹不明白："我怎么会是伞呢？"

酸不酸

这天，千喜正津津有味地大吃果冻，妈妈故意逗他，向他要果冻吃，他不给，妈妈就假装气愤地说："哼，是酸的！"

我给千喜出主意说："你告诉妈妈——吃不到葡萄说葡萄酸。"

千喜一听就急了，赶紧对我辩白说："果冻不酸！"

踢地球

千喜很喜欢踢足球。每当中央电视台新闻联播片头推出蓝色地球那个画面时，他就指着电视机欢叫："打球！打球！"

一厢情愿

千喜很喜欢看动画片。这天上午，他要打开电视看动画片。妈妈不干，解释说："这时没有动画片。"

千喜非要看，说："就是有，就是有！"

妈妈说："我看你是一厢情愿。"

千喜说："电视里没得'一厢情愿'，有动画片！"

再也不喜欢夜蚊子

这天，千喜的腮帮子受到夜蚊子袭击，起了一个小疙瘩，又痒又疼。他气愤地说：“我再也不喜欢夜蚊子了！”

顿一下，他感到意犹未尽，愤怒地加了一句：“我再也不喂夜蚊子了！”

又顿一下，他还补上一句：“以后我只喂‘饭蚊子’。”（饭蚊子，“苍蝇”的方言。）

漫游未来三峡

某日，一好友来约我："老弟，我们去三峡玩一趟吧？前不久我去过，现在又想去了！"

我曾于2002年三峡工程导流明渠截流前去三峡游览，后来一直未去。如今，数十年的时光消逝了，听说自从2009年三峡工程竣工后，长江三峡的景观发生了天翻地覆的变化。我早就想去领略领略三峡的新风采了。这时，好友来邀我，正中我下怀。我心中暗喜，当即点头答应。

三天后，天气晴朗。上午8点多，我和好友并肩站在万吨级的大客轮"中国"号上，站在不少中外旅客中间，饱览长江三峡第一峡——瞿塘峡的雄奇风光。我总觉得长江发生了变化，但又一时说不清变在哪里，就把这种感觉告诉好友。他问："是不是江水比原来淡多了？"

我又看看江水，说："对啊！原来可是浑黄浑黄啊！"

他说："自从十几年前，人们在长江沿岸广泛种植树木后，树越来越大，江水中的泥土越来越多地被'吸'住，水色就浅了。再过七八十年，等这些林木长成参天大树时，浩浩长江水将恢复到古时汪汪碧水的颜色。瞿塘峡的风光又将变成杜甫在诗中所说的‘入天犹石色，穿水忽云根’的壮丽景色！”

他顿一顿，又问我：“还发生了一个近在眼前的大变化，你注意到没有？”

我仔细看看大江，发现：与2002年三峡工程导流明渠截流以前相比，这里已大大改观——江水涨高了，淹没了原来的一些小山，彻底消灭了险难，即使是“中国”号这样万吨级的大轮船在上面行驶，也平平稳稳。

我将这个发现告诉好友，他说：“对了！你看，一些没被淹没的小山头‘浮游’在水面，它们所形成的岛屿或半岛星罗棋布，处处构成绝妙佳景。这就是现在闻名于世的三峡新风光——‘峡江千湖岛’奇观！”

这时，忽然天空阴云密布，电闪雷鸣，暴雨倾盆。开始，旅客们并不在意，两三小时后就有些慌了——天气昏暗，如同黄昏；江水凭空陡高几丈，汹涌东流而去；“峡江千湖岛”几乎全“躲”到水下面去了；“中国”号随着波涛，箭一样向前冲去……

啊，洪水！

船上有人高喊：“请船靠岸！我们要上山！”

人们大都不安起来。我也心慌意乱。好友却镇定自若地看着我微笑。我一时不知所措，就听见船上的蜂鸣器响起来：“旅客同志们！不要慌！三峡工程完全有能力防洪！”

人们这才安下心来。

船速很快，不一会儿就冲到巫峡——长江三峡第二峡。可惜天色太暗，我们无法看清这里的秀丽风光。

突然，船速减慢了许多，像蜗牛一般吃力地向前爬行。部分旅客又慌乱起来。我也内心惶惶。好友仍然镇定自若地看着我微笑。巨轮上的蜂鸣器又及时响起：“旅客同志们！不要慌！江水正在形成部分回流，因为三峡大坝把洪水挡住了！”

人们才又安定下来，并开始兴奋地谈笑。谈论的焦点自然是三峡大坝。好友告诉我：“即使暴发有史以来的最大洪水，三峡大坝也能控制住长江流域100万平方公里的地面，保住几亿人口的生命财产。”

我真想早点见到三峡大坝的雄姿。时光无声无息地从我期盼的心上流过……

突然，“中国”号上的人们一阵欢呼：“三峡大坝！”

原来，在前面不远处，隐隐闪现出一条发光的巨龙，横卧在宽阔的江面上，气势雄伟。

大船渐渐驶近发光物。果然是三峡大坝。大坝中的发电厂正利用巨大水能，发出强大电流，把大坝周身照亮，如同白昼。好友告诉我：“无论白天黑夜，三峡大坝都以50万伏的高压电缆，发出巨大电流，照亮半个中国，自然也照亮它自身。”

原来，这里就是长江三峡第三峡——西陵峡的三斗坪中堡岛——三峡大坝所在地。只见洪水这只气势汹汹的巨兽一头撞在高高的大坝拦墙上，像被英雄的猎手猛然扭断了脖子，无可奈何地败退下来，形成回流。

旅客们阵阵欢呼。第二天早晨，暴雨终于停住。天色开始亮起来。三峡大坝更清楚地显现在人们眼前：大坝一端是通航建筑物，另一端是三十多层高的品字形塔楼——电力工作中心。塔楼附近是大坝公园。大坝建筑群新奇神秘，布局巧妙，造型奇特，气势磅礴，和身旁碧波万顷的平湖互相辉映，令人叹为观止。

不久，天放晴了。太阳升在空中。蓝天上白云朵朵。大坝中段的泄洪闸开启，江水像困兽出笼般地尽情喧嚣，奔腾，激起十米多高的飞瀑、浪花和雾雨，江面呈现出一道道长长的彩虹，令人心旷神怡，遐思无限。

“中国”号来到大坝前，开进巨大的垂直升船机里。升船机稳步登上一级级船闸。“中国”号轻盈地驶入高峡平湖。旅客们又一阵欢呼。金发碧眼的外宾们纷纷竖起大拇指，连声赞叹：“大坝了不起！三峡了不起！中国了不起！”

我心中一动，自豪感油然而生，就听见好友在我耳边说：“老弟！看来，三峡工程将比万里长城更伟大！”

我心中一惊，但不以为然，说：“老兄，你可不能这么说。万里长城是我们中华民族的骄傲。据说宇航员在太空中都能看见蓝色地球上的万里长城呢！三峡工程是了不起！但怎么也比不过万里长城！”

他笑笑，说：“老弟，你听我说完理由，再下结论也不迟。首先论其功用。长城在修起后的几百年间，确实为中华民族抵抗‘城’外的侵略者建立了不可磨灭的历史功绩。但时代发展了，杀人的武器可以从天上飞越城垣后，这堵长长的城墙就成为万里废墟，再也奈何不了外侮。而三峡工程则不同。虽其长度远远比不上万里长城，但其防洪、水运、发电三大功能以及其他小功能（如养鱼、旅游等）将永久地为未来的中国造福。就是说，三峡工程的功用将比万里长城要大。

“再看它们构建时所付出的代价。万里长城是在原始的劳动环境下，秦始皇强迫老百姓肩挑背扛，流血流汗，用巨大的生命代价和物质代价换来的，以致民间竟希望孟姜女哭倒这一埋葬了千千万万个家庭幸福的废墟。而三峡工程则是中国人民的首脑们设想了几十年，中外科学家们调查、研究、论证了几十年，又由全国人民代表大会决定修建的，而且是在科学技术昌明发达的跨世纪之际，人民自愿投入人力、物力和财力，欢欣着、鼓舞着建造起来的，可以说以最小的代价换来了最大的收获。在这点上，三峡工程岂不又比万里长城‘高’吗？

“因此，三峡工程比万里长城更伟大！”

看看好友容光焕发的模样，想想这次坐船、遇洪、观坝等亲身经历，我发现他所说的正是我的心声。我不禁又大声说：“长江三峡，你比2009年前美上一百倍还不止！”

飞　天

飞天的梦幻

下午，大型飞行器“京乐号”正在空中飞行。这是从京城到长乐县的某次航班。钟声是众多乘客中的一个，清秀的脸上满是稚气。

钟声家住长乐县郊区。郊区很小，四面都是垃圾。连接垃圾的是长乐县城。就是说，郊区被垃圾包围，垃圾又被城市包围。钟声的妈妈在郊区务农，爸爸钟新在长乐县一个国营工厂当工人。

像其他孩子一样，钟声刚满 3 岁，就到长乐县实验小学启蒙读书。每天早上 7 点 40 分，钟声和附近的同学跟着爸爸和其他工人伯伯、叔叔，坐上一辆专用中型飞行器。飞行器向地面直喷气，就飞起来，飞到工厂大楼楼顶，爸爸和伯伯、叔叔们出去，从楼顶走下去，进入各自的岗位。飞行器继续起飞，把钟声和同学们送到实小的操场上，他们走出来，进入各自的教室。下午五点放学后，他们又坐上飞行器，飞回工厂楼顶，等爸爸和伯伯、叔叔们进来，一起回家。

钟声6岁时学过历史，才知道，以前城市里有街道，上面有许多名叫“汽车”的交通工具来来往往；还有一种叫“船”的运输工具，在绿水或黄水上走路。

如今，长乐县城根本没有街道，只有幢幢高楼夹出的死胡同；只有一条墨一样的小河贯穿全城，可上面根本没有船，也没有“桥”——这东西，也只在历史书上才有。交通工具，仅有飞来飞去的飞行器。

就在他6岁学历史的这天晚上，做了一个奇怪的梦，梦见自己长到16岁时，轻飘飘地飞上星空，飞向远方，一会儿，就看见宇宙中浮现出一个美丽的星球，上面有碧绿的森林、清澈的小河、蔚蓝的海洋、彩色的田园，没有垃圾，没有污染，鸟兽安乐，人们幸福。

钟声醒来，把这个梦告诉了爸妈，说：“要是有一天，真能看到这样的地方，那就太好了；如果能住在那里，就更好！”

爸妈笑说：“你伯伯和姑妈就住在那样的地方。”

钟声的伯伯钟全现为退休干部，生有独子全利；全利在某省某重要机关担任要职。姑妈钟金是富婆，生有独子金前。他们都住在某省城的郊区，曾坐家用小型飞行器来钟声家做客，都对这里的恶劣环境直皱眉头。

后来，钟声又多次梦见自己飞在空中，醒来后回味无穷，觉得飞翔的感觉真好，因此他努力学习，高中毕业后考上了航天大学。这几年，他多次从县城飞到京城，从京城飞回县城，他发现，地上处处如长乐县一样，城市拥挤不堪，农村狭小肮脏。通过学习，他才知道，地球曾经很干净，很疏朗，很漂亮，正像他小时梦见的那个星球一样美好；后来，因森林被毁，生物灭绝，河流污染，毒雾笼罩，酸雨成灾，臭氧破坏，洪水肆虐，飓风猖狂，土地流失，土壤退化，才变成今天这个样子。因此，现在他刚刚大学毕业，又考上航天大学博士研究生，希望彻底实现儿时的飞天梦，飞向那个美丽的星球，去学习一些高级的科学技术，回来拯救已临近毁灭边缘的地球。

他对远方确实存在那个美丽的星球深信不疑。

这时，在“京乐号”每位乘客座位前的银屏上，显示出一行中文字和英文字“我们的飞行器就要飞临某省城的上空”。想到过不久自己就要满16岁，钟声心里猛然一动，想起了儿时的那个飞天梦和爸妈的话，毅然决定：何不改坐大型飞行器上备用的小型出租飞行器，下去拜访拜访伯伯和姑妈，去看看他们美丽的家呢？

真的飞起来

黄昏时分，钟声来到钟全家。

钟全退休后，住在一幢别墅里享清福。这是一幢方方正正的高楼大厦，设有威严的铁栅栏大门，内带一个大花园。园里有一个大草坪，还有清水池和喷泉，真如仙境一般。

钟声想：“仅仅这样一户人家，就要占用这么大面积的土地，难怪城市这么拥挤，农村那么狭小；现在的淡水（清洁水）都必须用化学方法从受到污染的自然水中分离出来，而且每天都得补充蒸发掉的部分，光这，就得花费多少人力、物力、财力啊！看来，这些地方的美，正是造成许多地方不美的原因之一。”

一个仆人模样的机器人走过来，将钟声引进书房。在书桌后的太师椅前，一个白头老翁站起来。他很富态，气色很好。奇妙的是他的一嘴白胡子，其下端被平平整整剪去，使整部胡子像一面方方正正的白手帕。这就是钟全。

钟声恭恭敬敬叫声：“大伯，您好，侄儿看您来了！”

钟全官样地笑笑，说：“欢迎欢迎！贤侄请坐。你如今学业如何啊？”

钟声坐下，接过机器人端来的方方正正的茶杯，一边品着里面清香的西湖龙井，一边回答：“我刚刚考取研究生，以便更多地接触宇宙飞船，为发展祖国的航天事业贡献自己的力量。”

钟全很高兴，说："贤侄，你有这么一番大志愿，实属难得。不过，不一定非要考上研究生才能更多地接触到飞船。现在，飞船已不是什么稀罕东西。前不久，就有人给你大哥全利一艘。他只有学士学位，不照样拥有飞船吗?"

钟声吃一惊，急切地问："飞船？在哪里？刚才我进来，可没看见!"

钟全说："这几天，你大哥刚学会开飞船，上了瘾，昨晚也不休息，借着月光，就开上天去了，明天早上才会回来。"

钟声感到遗憾，一边和钟全叙话，一边盼望明早的太阳快些出来。晚上，躺在床上，他心里记挂飞船，一直很兴奋，翻来覆去，直到凌晨四点，终于撑不住，才迷迷糊糊睡去。天刚亮，他就被窗外的一片鸟声惊醒。他赶忙爬起来，在机器人的服侍下，三两把洗完脸，就要向花园跑。机器人一把抓住他，瓮声瓮气地说："钟全老爷吩咐过，必须等你用过早餐，才让你去。"

钟声心想："大伯规矩真多。"想归想，钟声还是跟着机器人，去餐厅匆匆用过丰盛的早餐，净过手脸，就向花园跑，同时听到一阵飞船的着陆声。他赶到花园，就看到一架三座的飞船立在碧绿的草坪上，闪着亮丽的白光。飞船周围，有三四辆小巧玲珑的高级飞行器。一个四十多岁的中年人正从飞船内出来，正是全利。他一边走一边笑着喊："钟声小弟，你来了，欢迎欢迎!"

钟声说："大哥，你真不简单！一个人就拥有一艘飞船！你知道吗——我学过几年航空专业了，只在实习时才有机会接触飞船；连我们大学的著名教授，都是十个人合用一艘飞船进行多项研究；就连小型飞行器，他们也是三人合用一辆……"

全利哈哈大笑，说："飞行器早过时了，要玩就玩飞船!"

钟声说："那你也让我玩玩吧?!"

全利犹豫不决。

钟声实在是太热爱飞翔了，不禁心中大急，身体内立刻鼓满气体。

突然，他觉出被一只无形的手托起，飞在空中，像鸟一样，上下翻飞，开始，他以为是梦，等他清醒过来，不禁欢喜得大笑大叫。

全利惊呆了，恍然若梦。

突然，钟全怒气冲冲地跑来，大声呵斥："全利，快把那个小混蛋给我捉下来!"

钟声毕竟不是鸟，身体远没有鸟那么小那么轻巧，而且这不是梦，不一会儿他就被全利捉住。他刚落地，就觉出那只无形的手离开了。他大声质问："凭什么捉我?"

钟全凶巴巴地说："小混蛋，别嚷嚷！不捉住你，你不就飞了?你飞去，不就把飞船开跑了?"

钟声觉得，伯伯这人年纪这么大了，竟像个小孩一样不可理喻。钟声就不再讲理，一味大喊大叫。

正闹得不可开交，大门开启，进来两个人，一男一女，一老一少。原来是钟金和金前母子俩。他们家就在附近，吃过早饭，过来串门，刚到门边，就听见里面大喊大叫。钟声正大骂钟全："你这个老糊涂，快叫你儿子放开我!"

钟声毕竟还是个孩子，钟全先前不在意，这时听他在"外人"面前仍这样痛骂自己，觉得大失面子，当即气入骨髓，突然心脏病发作，摇晃几下，向地上倒去。

金前要过去扶钟全。全利放开钟声，一步跨上前，一边向金前使眼色，一边扯住钟金的衣袖套近乎。

金前当即意领神会。钟全早死一天，全利就能早一天得到大笔遗产。金前任凭钟全栽倒在地，过来竖起耳朵倾听表兄向母亲诉说奇事——自然是刚才钟声飞起来的奇迹，听着听着，就转开了眼珠，想开了心思，听完就疑惑地问："这是真的?"

全利指指钟声，答："不信的话，问他。"

钟声正抱起钟全的身体，发现不妙，带着哭腔说："姑妈，你快来看看大伯!"

钟金赶紧去摇晃钟全，又试鼻息，知道他已去世，不禁满脸悲伤，老泪纵横，说：“哥哥，你就放心去吧，我给你做一副金棺材，还给你立银碑，刻铜字……”

钟声受到感染，放声大哭。全利顿时大怒，恶狠狠地说：“你气死了我爸，还在这里号丧！”

一时，钟声不知所措。

金前假惺惺地对全利说：“表哥，人死不能复生，你节哀吧。”

金前说着，拉上钟声就走。

赚钱的妙招

刚出全利家，金前就问：“表弟，你愿不愿意赚钱？”

钟声一边抽泣，一边说：“先不谈这个。表哥，你说，伯伯真是被我气死的吗？”

金前答：“当然不是。你也知道，你们家族有轻微的心脏遗传病，传男不传女，受不得大刺激，尤其是老人。怪只怪大舅自己心太窄，自己把自己气死了！”

钟声放心了，停止了抽泣。

金前又说：“你还是说说，想不想挣大钱？”

“当然想。你也知道，我爸工资低，这几年供我上大学，已欠了一屁股债了！”

“表弟，其实你现在就可以挣大钱。”

“是吗？”

“怎么不是？不借助航天器，就能飞上天，这世上你肯定是第一人。如果你周游世界表演这一绝技，保证有千千万万的人来看，并带给你万万千千的钱！”

突然，身后有个苍老的声音大叫：“对！有商业头脑！”

原来，钟金气喘吁吁地赶上来了。

钟声问："姑妈，伯伯的事到底怎样了？"

钟金答："我给了全利10万元支票，让他为你伯伯体体面面办后事。我已累了，不如回去的好，就回来了。刚才听见你们的话——那真是好主意！外甥，反正现在放暑假，这几天你就住在我家。等你伯伯入土了，我们就商量帮你挣钱的事。"

一路说着话，早来到钟金家。

钟金家和钟全家差不多，也是高楼大厦，里面有几个机器人专门搞服务。不过房子、花园不是方形，而是清一色的圆形。门、窗、地面、墙、树、水池、喷泉、衣服、草坪无一不尽量设计成圆形。在每扇圆形的大门上，都倒贴着一个大大的圆形的金色的"财"字，意即"财到了"。

钟声想："像伯伯喜爱方形一样，姑妈对圆形有特别的爱好。"

回家后，金前就急急出去了，钟金则回房休息。

一日无事，晃一晃，就到了晚上。这时，圆月很亮，夜色很美。钟声来到草坪，突然看见，金前急奔回家，奔向房中的钟金，满脸沮丧。钟声感到好奇，悄悄跟过去，在窗户边静听。

金前恳求说："老妈，儿子这几天手气特差，特背火，赌钱输了一亿八，连家里的机器人大都抵债了，还差一大截。你快救救我吧！"

钟金大发脾气："前天你来拿，昨天你来拿，今天又来。我的钱已快被你赌光啦！赌场是个无底洞，如果我的养老金都让你赔进去了，我怎么活人？！"

金前大叫："钱就是妈。你不给我钱，我就不认你这个妈了！你到底给不给？"

"不给！"

金前气哼哼地走出门来。钟声赶紧躲开。

隆重的葬礼

全利果然为老父操办了一场体体面面的后事。来客中，除钟声一家外，尽是体面人，个个都是圆滚滚的肚子、油光光的脸膛、肥厚厚的嘴唇，个个都在丧宴上大嚼大喝、猜拳行令，个个都命令家仆为死者放 10 万响鞭炮、烧大堆大堆的纸钱。

这时，钟声正和爸妈在一间房中谈起他飞起来的奇迹，钟金就慌里慌张跑来，大声对钟声说："孩子，你快逃走吧！"

钟声一家正要问个明白，就看见金前一阵风似的追进来。他对钟金说："妈，你说什么梦话啊！"又对钟声挤眉弄眼："表弟，你别听我妈瞎说，根本没什么事！"

钟金大急："刚才我刚巧听见你和全利秘密商量，要借飞船……"

金前匆匆离去。钟金就把话头对准钟声："金前请全利帮忙，说你会飞，要用飞船押着你表演，好挣钱还赌债……"

钟声正要启口，就听见外面一片人声。其中，有全利和金前。

钟新催促钟声："孩子，快走！全利有权有势，想要战胜他，只有慢慢想办法。快走吧！要不就来不及了！"说着就将他向外推。

钟声又气又急，身体内很快鼓满气体，立即想飞。那只无形的手便托住他，轻飘飘地带他跑出门，向天空飞去。

钟新等三人跟出去，呆看着飞上半天的小人儿。金前气急败坏，上前推了钟金一把，口里骂道："妈，你真该死！"

钟金不防，猝然倒下，惨叫一声。

钟声已飞到半空，闻声向下一看，十分着急，正要落下去救治姑妈，就听爸爸在下面高喊："钟声儿，快飞！不要下来，快去寻找正义，来惩治坏东西！"

妈妈跟着尖声喊："儿啊，快飞吧！这里有我们哩，你姑妈不要紧的！"

钟声仍焦急万分，要落下去，心想：“说不定爸妈也会遭毒手!”可那只无形的手使劲抓住他，仍向上飞去。

突然，在钟声心中响起一个悦耳的女声：“不要紧，那两个坏蛋的注意力转移了。”

果然，下面隐隐约约传上来金前的即兴演说：“各位大舅和表哥的朋友们！这一出飞天的戏，这一出真正的‘空中飞人’的戏，这一出不借助航天器就能飞天的戏，正是我为感谢各位对大舅和表哥的一片深情厚谊，有意安排的一场好戏，请你们捧捧场，为我这想尽苦方为你们效劳的人，放几张钞票在这里吧……”

趁这乱哄哄的工夫，钟新夫妇迅速将钟金弄走。

冲破空间网

钟声一直飞到一朵白云边。他又听从心中那个声音的引导，继续向东飞去。

天空越来越蓝，太阳越来越亮，他越来越累。

那朵白云飘到钟声脚下，轻轻托住他。他觉出那只无形的手离开了。他摸摸白云，手感似乎不像棉絮那么软，反而像金属，但坐在上面十分平稳，没有坚硬的感觉，因为它很有弹性。

他坐一会儿，看够天上星球、光线、白云的美妙，又站起来，四下鸟瞰地球。高山、大海、平原和大江大河，还有大城市、大沙漠和长城，都在眼底，都很雄阔，可惜并不美观。高山几乎光秃秃的，大江大河像墨一样漆黑，大海表面漂浮一片片刺目的油污。城市将大量工业废气排向天空。世界有极少数大花园，都占地比较大，其他地段则充满垃圾，触目惊心。农村零零星星，小块小块，都被城市和垃圾包围。

钟声站累了，看累了，心也累了，倒身躺在白云上，一会儿就沉沉睡去。黑甜一觉醒来，他就听见一阵宇宙飞船的嗡嗡声。他感到不妙，站起来，向身后望去，只见一艘小巧的飞船在阳光下闪烁着邪恶的白光，正向他飞来。啊，上面坐着全利和金前！

钟声赶忙离开白云。白云跑得太慢了，他却不能让它加快。那只无形的手及时托住他，引导他飞呀飞呀，飞速未减，却因他肚里太饿了，不得不向下落去，落向一座城市，最后落在一幢高楼大厦的第33层的一间阳台上。他顾不上多想，就跑向屋里，看见很多吃的东西。他正想拿东西吃，就听见房顶有飞船着陆声。他想从阳台或窗口飞出去，可这两处已被罩上大网。怎么办？这时，他心中那个女声又响起来："不要慌！有我呢，你听我指挥就是了！"

钟声急急问："我该怎样配合你？"

"一直向上飞，向上飞！"

钟声看看头顶。楼板是坚硬的钢筋水泥铸就。他想："我的肉头怎能撞上去？这不是鸡蛋碰石头吗？不等我被捉住，先就自我报销了！"

"不要紧。你尽管撞。保证你会撞破。当然，破的将是楼板，而不是你的头！"

这时，全利、金前已分别下到阳台和窗台。情形万分危急。怎么办？那个神秘的女声说："这些时日发生的事已说明我有很大能量。我会帮你的，你怕什么呢？撞吧，撞吧！"

全利和金前已跨进屋内，张牙舞爪，逼近钟声。钟声不再犹疑，闭上眼，猛地向上飞去，顶去。那只无形的手依然托住他，给他力量，引导他。他一声不响，一鼓作气——就像水滤过沙子一般，撞出楼板，撞穿飞船底舱，竟头不疼，楼板也没有丝毫破损。他冲出去，飞呀飞呀，刚好那团白云又飘过来。他又累又饿，就躺在上面喘息喘息再说。

不一会儿，钟声又听见飞船的轰鸣声。不过这声音不纯正，因为飞船有了个破洞。全利和金前又追上来了！

钟声想飞出白云去。白云实在飘得太慢了。可那只无形的手迅速抓住他。他飞不出去，只好任凭白云飘啊飘，眼睁睁看着飞船追上来。渐渐的，那两个邪恶的身影清晰地映入眼帘。

眼看飞船就要挨上白云，突然从白云中闪现出一种橘红色光线，布满附近的天空。一种甜柔的音乐在钟声心中响起，就像甘美的食物一样充满他体内，不断给他补充力量。

全利却怪叫："我把握不住方向和稳度了！啊，难听死了！"

金前也惊慌地高喊："仪器都失灵了！"

飞船像断线的风筝，向下掉去，又像一只被击中的鸟，摇摇晃晃悲悲惨惨地向下撞去……

突然，空中响起一个庄严的声音——正是那曾在钟声心中响起无数次的声音，但这次是用口说的，因为钟声是在耳朵中听到的："你们根本不配活在世上！"

这掷地有声的话音刚落，飞船就撞在一个光秃秃的山尖上，"轰"的一声燃起大火，同时传上来两声惨叫。

钟声脚下的橙红色光线分离出一束白光，向下扫去，将地上那堆飞船的残骸打扫得干干净净，没有留下任何痕迹，连同那污染大气的浓烟，也瞬间消失得无影无踪。

一切都沉寂下来，只有一种宁静的感觉柔柔地渗入宇宙空间，渗入人心……

飞天问谜底

白云载着钟声越飞越高，越飞越远。橙红色光线开始收缩，越收越小，竟变成一辆迷你飞行器大小的橘红色飞行物。

白云不见了。

钟声渐感空气稀薄，呼吸困难，朦胧看清自己站在一个橘红色的凸起圆盘上，脑中一闪，不禁惊呼："啊，飞碟！"

钟声是航天大学的高才生，自然学过这些。以前他没亲眼见过飞碟，却看见这个圆盘和教科书上的某种飞碟图片相差无几，因此认得。

飞碟比光速还快地向前飞驰。同时，飞碟顶部出现一个凹陷，将钟声缓缓吸入机舱。就像水流过竹篮一般，飞碟顶部又原样凸起，没有丝毫损伤的痕迹。

钟声立刻觉得氧气变浓了，呼吸转入正常。他坐在一把金属椅里，感觉这椅子的底部很有弹性，就像先前躺在白云上一样舒适。一个少女不声不响地坐在他身旁，全神贯注地盯着胸前的一些仪器。钟声略一看她，心中不禁一震，因为这时那个女声又传入他的心灵："你好!"

钟声愣一愣，随即明白是少女在向他致意，就向她点点头。他静下心来，这才注意到自己处身在一种柔和的橘红色光线中。那光线类似阳光，但不炎热，从骨子里给人舒适。他这才仔细打量她。她黑发披肩，圆脸黑里透红，双眼皮，大眼睛，睫毛长长的。她嘴唇不动，边驾驶飞碟，边用心灵告诉他："我名叫艾琴。这辆飞碟取名'科学'号。我的家在另一个美丽的星球上。亿万年前，我的祖先是前一个地球上的居民，后来在前地球因环境危机总爆发而毁灭前夕，他们的科学文明已非常发达，就坐航天器移民到现在那个星球上。你的家乡——现在的地球是通过亿万年又形成的。我们知道你们现在的地球环境危机到来过早，而科学文明还不够发达，以致你们正一步步走向总体性毁灭。我觉得有责任到你们地球上寻找一个有志的少年，接他到我们星球上帮他学够必要的科技知识，到时再回去拯救地球。于是，我找到了你。现在，请你用心和我说话，向你父母说明情况——我可以用心探索和感知宇宙（我们星球上的人因从小教育得法，绝大多数正常人都具备这项功能）——因此，我可以用心灵向你爸妈传达。他们正为你担心呢!"

钟声每每听到她的心声，即进入一种蒙眬状态。这时，他立刻在心中喜滋滋地说："爸、妈，你们好！不知姑妈怎样了？我现在非常好，正顺利踏上通往理想之地的航路。权利、金钱已被正义之剑处决！几年后我就回来……"

钟声还未说完，就听见妈妈急急地说："儿啊，你真幸运！真是苦尽甘来。你姑妈已无事，你放心。我和你爸也很好。只要你平安，你幸福，我们就心满意足了。这几年你不要挂心家里。我们本想，如果我们没钱生活了，就向你姑妈借点，可这时你姑妈说，后辈中，她就你一个亲人了，执意要你做她的财产继承人……”

钟新说：“孩他妈，别光说，也让我说几句！钟声儿，我已知你理想远大，而且有了最好的学习机会，望你珍惜，努力向上，平安归来，完成你的伟大使命。再见！”

艾琴用心灵告诉钟声：“你爸真直爽。你就告诉他们，以后你想他们了，随时可以用心和他们‘通信’，并请他们务必为这事保密！”

这件事办妥，钟声安心了，看着身旁仍盯着仪器的艾琴，猛然想起什么，于是用心问：“那朵白云是飞碟变化的？”

艾琴用心答：“也可以这么说，但不太准确。那朵白云是飞碟经过光线折射、散射等技术隐身后变成的外形，因此其本质没有变。我下天去帮你时，将它停在空中，后来又引你上去休息。我也累了，正好也休息休息。”

“飞碟的能量来自何处？”

“太阳。”

“那，处决坏蛋的武器也是加工后的光能？”

“是。”

“为什么你不现在就帮我拯救地球？”

“我还不想让地球人类过早地知道我们的内幕，否则他们可能臆断做事，造成一些不良的严重后果。比如，如果他们知道我们会拯救地球，有些人就可能玩出一些新花样，更放纵地折磨地球，只图一时快活！而我们星球上的科技也永远处在不断发展的过程中。不做到有绝对的把握，我不会帮你拯救地球。这也是我要你爸妈、姑妈严守秘密的原因。”

“你们星球上的人都会自己飞吗？我是说，你们不借助航天器，就能自由自在地飞吗？”

“不，我们和你们一样，只有借助航天器。”

“那你下天帮我时，为什么没带飞碟，就能托我飞呢？”

“下天时，我背着微型助飞器。它只有小水壶那么大，像我本身能用光线隐身一样，它也隐身了。但它只能在有空气的地方使用，因为它太小，里面放不下供氧装置。而飞碟则带有供氧系统，所以能在空中飞行。”

钟声沉默有顷，又问：“你们星球的人都不用口说话，而尽用心灵对话吗？”

“不！”突然，这个声音不再在钟声心中响起，而是风一样灌入他的耳朵。钟声从蒙眬状态中惊醒，侧目一看，只见艾琴正笑吟吟地看他。她笑起来更美。她正张口说话：“一般我们不用心灵对话。那比较麻烦，因为用心对话必得两心息息相通才行。因此，我们和你们一样，多用口说话。”

钟声大喜，顿觉心头轻松不少，也张口问：“那你先前为什么不用口说话呢？”

“下天后不和你用口说话，是因为怕泄露我的秘密；在飞碟上不用口说话，是因为要照顾仪器，怕它们出现故障。心可以二用，心和口却不能同时用于二事。”

“现在你开口说话，就不怕仪器出现故障了？”

“我已观察了一会儿，一直没出事，就再不会出事，因为仪器都能自动控制。”

飞碟自动飞向那个美丽的星球。艾琴告诉钟声，那是一片净土，那是一片乐土。将来，地球恢复了昔日的美丽，也会像她一样美好！